すごいトシヨリBOOK

トシをとると楽しみがふえる

池内 紀

毎日新聞出版

はじめに　自分の観察手帳

昔の人は、人生わずか五十年と言っていました。

僕は、今でも、五十年というのはそんなに変わらないと思っています。

平均寿命がもう八十を超えて、九十、百歳の人がざらにいるわけですから、人生に行きと帰りがあると考えれば、行き帰りで百年。行きのいわゆる上り坂をあがっていく、いろいろなことが楽しい時期はやっぱり五十年ぐらいだと思います。

五十年も楽しく生きることができれば上等で、それから折り返し点を過ぎると、今度は長い下り坂になる。下り坂では自分の能力も見えているし、家庭でもいろいろな問題を抱えるし、いずれ老後に入って死に近づいていく。

リタイアした後の十年、二十年、あるいはもっと長い人生をどう生きるか。もしも、この下り坂が楽しくなければ、せっかく生きていることも非常につまらないものになる。

下り坂の楽しみは、自分の老いと向き合うことから始まります。

ちょうど七十歳になった時のこと。僕は市販の手帳を買ってきて、最初のページに「すごいトシヨリＢＯＯＫ」と書きました。そういうタイトルをつけて、周りに七十の黄色い星をちりばめた。真ん中に描いた少ししぼんだ顔が、七十歳の自画像です。

自分が老いるというのは初めての経験で、未知の冒険が始まるのだから、「こういうことはこれまでなかった」とか、「これぞ年寄りの特徴」とか、日々、気がついたことを記録するための、「自分の観察手帳」を作ったのです。

さらに星を七つ書き加えて、「七十七には世の中にいない」という「予定」を立てました。普通は生きていることを前提にして予定を立てるのでしょうが、僕はむしろ、「もういない」という前提のほうが行動しやすいと思った。

七十七の時にはもういないから、その前にコレをしておこう、億劫《おっくう》だけどアレもしよう、ちょっと贅沢《ぜいたく》してみよう……こんなふうに、「もういない」としたほうが、決断しやすいというのが自分の判断です。

年を取る中で、得るものよりもなくしたもののほうが多い。これから生きる時間よりも、生きてきた時間のほうがはるかに多い。そんな目に見えない「収支決算」も、気づくつど、すぐ書き込むことにした。記憶の切れ端がヒョッと浮かぶとメモをして、それだけだと何の記憶かわからなくなるから、小さな絵をつけて、暇《ひま》な時にちょっと色をつけたりする。

これは過去の時間をもう一度生き直す「小さな復活劇」です。小さな復活劇は、喫茶店でコーヒーを飲みながらでもできる。気づいたことはすべて新しい発見になって、自分の精神生活に非常に刺激になります。

そんな、しぼんだ顔のある手帳をつけ始めてから七年。今年ちょうど七十七歳になるので、もういないはずの人がいることになる。そこで僕は、「満期が来たら三年単位で延長する」というルールに変えました。

自分の憲法だから国会とちがって簡単に改定できるわけです。

いなくなる予定を三年ずつ延ばして、延長した時間の中で人生を生きていく。あとどれくらい延長がきくかわかりませんが、僕はこれからの人生を、三年延長説として考えています。

この本でお話しすることは、老人になって気づいたことを記録することで発見した、自分なりの「楽しく老いる秘訣」です。

タイトルも手帳と同じ『すごいトシヨリＢＯＯＫ』としました。「すごい」（ひらがな）、「トシヨリ」（カタカナ）、「ＢＯＯＫ」（英語）と表記がばらばらなのは、老人自体がいろんなものの混成で、その内面にも、老人的なもの、老人らしからぬものが混在しているものです。年を取りながら、自分自身がそう実感しているからです。

すごいトシヨリBOOK◎目次

第1章　老いに向き合う

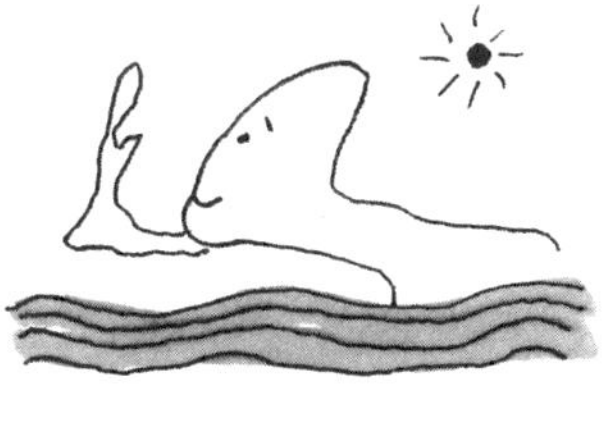

第2章 老いの特性

第3章 老化早見表

第4章　老いとお金

第7章

老いの楽しみ

第8章 日常を再生する

第9章 老いの旅

第10章 老いと病と死

第1章
老いに向き合う

人生の秋

若い時は誰だって、甲斐《かい》のないことに憧れたり、嫉妬《しっと》心を抱いたり、意味のないことで迷ったりする。年を取れば、さまざまな惑《まど》いから解放されて楽になるだろうというのが、若い時の僕の予想でした。

ところがいざ老いてみると、ぜんぜんそういうふうにはなくならない。若い時に自分で嫌だなと思っていたものが、年を取ったからといって、薄まるわけでも、消えるわけでもなかった。

しかも、「年甲斐もないから」とか言って、愚《おろ》かしいことはしないほうがいいだろうという用心深さが出てくる。さらに、そういう用心など、さもないかのように振る舞う。そういうセコいことにはもう関心がないような振りをする。いろんな振りばかりが上手になっていく。老いると、実に複雑な局面を生きることになります。

老いた人間に対して、「人生の秋」というのは上手《うま》い言い方です。

秋が来れば当然、冬が来る。冬が来たら普通、春が来るわけですが、老いの非常に残酷な点は、春はもう来ない。二度と来ないというのが、老いの無慈悲なところです。

「体はしわくちゃだけど、心はまだまだ若い。我々は万年青年だ」なんて、元気のいいお年寄りもいますが、ようするに現実を見ていないだけです。

「体は老けても心は老けてない」というのは錯覚で、「心は老けてない」と思うこと自体が、まさしく老化のしるしといえます。自分では「心は若い」と思っているけれど、心という見えないものを当てにしてるだけ。鏡に映るシワだらけの自分の顔が本当の年齢で、心も当然、シワだらけです。

心も老けるからこそ、これまでと違う人生の局面が見えてきます。「病気にならないと健康がわからない」「飛び上がらないと引力がわからない」と同じで、反語的だけれど、「老いて初めて若さがわかる」ということになります。

老人特集

今、非常に元気のいいお年寄りたちの生態を見ていると、老人になる暇がないいんじゃないかと思います。メディアの操作ひとつで何でもつながることができる。瞬時に若さの情報が手に入るわけだから、お年寄りも老熟する暇がない。

老人社会と言いながら、今の社会の大きな動きは、「老人がいなくなる社会」という気がします。年寄りが多くなればなるほど、年寄りの中で年寄りであることを認めない人たちがたくさん出てきている。政治家、財界人をはじめとして、社会の表舞台にいた人ほど、生涯現役という意識が強い。自分の老いを認めない。

テレビでは老いの問題をよくやりますが、そういう番組は、三十代か四十代の若い人たちが作っています。いろんな老人を取材したりはしますが、最終的にまとめるのは若い人たちです。

雑誌の特集でも、作っているのはみんな若い人で、編集長はせいぜい五十歳ぐらい。

若い人たちが老人問題を論じている。老人が老人を論じる場がほとんどないから、ある程度まで問題に接近できても、核の部分は作っている人たちには感覚的に理解できません。

三十年ぐらいずっと付き合ってきた町医者に主治医になってもらっているのですが、彼は自分が年を取って、やっと「ああ、年寄りはこうなんだ」っていうのがわかってきたと言うんです。若い時も、老人医学的な対処はしていたけれど、本当の意味でわかっていなかったって。

よく考えてみれば、老いの問題については、老いていく自分が一番詳しい。素材が自分でしょう、教材が目の前にある。日々日々、新たな教材ですから、自分の老いを通して老い全体の問題を、当人が学べる場というのは、他にありません。誰もが自分のスペシャリストになれるのです。

老いの問題

その昔、「長老」とか、「大老」と言われて、老いは社会の中で非常に尊ばれました。今でも長寿の人に役所がお祝いをしたりしますが、あれは単に昔からの予算ワクが決まってるからにすぎない。今、老いの問題は誰にとっても頭が痛い。かつて尊ばれていたものが、問題になってしまうこと自体が非常に問題だと思います。

極端な言い方をすれば、少し前まで、たいていの人は問題になる前に死んでいました。長寿は喜ばしいことだけど、幸か不幸か、これだけ医学と衛生と栄養と、あらゆるものが備わった時代には、生物的な寿命はたいへん長い。当今は、百歳は珍しくありません。しかし、これは物理的な条件が生み出した長寿であって、本来の精神生活を備えた人間の老いはもっと早い。

自分の体験では七十が一つの目印で、そこから急速に老いの現象が生じてきます。早く老いる人もいれば、もちがよくて八十代、九十代でも健康で、立派な働きをする方もいますが、それはもう個人個人の差でしょう。

大雑把《おおざっぱ》に言って、七十を超えれば、老いが切実な問題になってくる。七十をメドに生来の命が、老化によって衰弱していく命に変わるというのが、僕の実感です。

「小さな復活劇」は現実を直視するところから始まります。

自分の老いに関して、自分以上のスペシャリストはいないとしても、自分のスペシャリストになるには、自分でいろいろ工夫を凝らして、自分なりのルールなりシステムを作り上げる必要があります。

大げさに言えば、老いに「抗《あらが》う」のではなく、老いに対して誠実に付き合うこと。老いの中で起こる面白くないことも、目をそむけたり、すり替えたりしない。

生き方も健康状態もみんなちがうわけで、Aさんのシステムは Bさんには通用せず、個人個人がスペシャリストで、個人個人が自分特有のやり方、方法を持つことになる。

その時に初めて楽しみが出てくるというのが、僕の考え方です。

老いの面白さは、反語だと思っていると反語じゃなくなったり、哲学の命題が横たわっていたり、思ってもいなかった自分を発見することです。

老人の時間

老人が多くの過去を持っているといっても、過去は終わった時間です。終わったものは極端に言えばゼロ。未来もほとんどないわけだから、未来に関しても限りなくゼロに近い。そのうえ、現在は社会性をなくしていて、その現在は刻々と過ぎていく時間に過ぎません。

だから、あっという間にひと月が終わったりする。「年を取ると月日の経つのが早いねえ」なんて言いますが、多くの過去を持っていると思い込んでいるだけで、それは何の足しにもならず、未来は非常に乏しくて、それをケチケチ使おうとするから余計、早々と日が経っていくのでしょう。

若い頃、年寄りが縁側であくびなんかしているのを見ると、「年寄りはノンビリしている。一日が長いんだなあ」と思っていました。

当人にとって、時間というのはその中身、出来事によって伸縮します。老人の時間は物理的には長いんだけど、実質は非常に短い。だからはっと気がついたらもう四月で、ちょっとしてたらもう八月で、「ええっ、もう今年、お終《しま》い？」となる。それは幼い者、子どもの時間と比べるとよくわかります。

子どもは、幼稚園ぐらいから時間の概念がはっきりしてくるようですが、限りなく一日が長い。朝、幼稚園に行って、午後、親と帰っていく。別れる時の反応を見ていると、おもしろいことに気がつきます。「タカハシくんバイバーイ」「また遊ぼうね」って、ものすごく真剣に言うでしょう。絶叫する子どももいる。親にすれば「明日また会うんじゃないの。明日遊べるんだからいいじゃないの」ってことだのに。

幼い子にとって、今日がすべてです。明日なんかないのです。「明日がある」というのは大人の判断で、子どもは自分の精一杯の時間を生きて、それが終わるのだから非常に悲しい。僕の家の近所に幼稚園があって、午後になると、やっぱり子どもたちが呼び交わしています。泣きそうになっている子もいる。年寄り同士が呼び交わしている光景なんかないでしょう？　まる一日一緒にいたって、せいぜい「また来週」。

子どもの時の長い一日は、いま思えば意味深い時間の使い方でした。

それが証拠に、年を取って思い出すとしたら、中年時代のことなんかほとんど思い出しません。みんなだいたい幼い頃のことを思い出します。自分ってどんな子どもだったか、どんな先生で、どんな同級生だった。好んでそういう話をする。

人生を九十年生きたとしたら、実質的には幼い頃に持っていた時間が六十年。あとの生涯は、中身からいえば三十年に満たない。そんな割合でしょうか。

老いと向き合うと、カレンダーの時間は仮のもので、あんなふうに人間は生きていないことがわかります。自分のカレンダーを見ていくと、「一年はこんなにも短い」のも当然で、何かの拍子に心が幼年期に還《かえ》っていくのは自然なことです。

木も老ける

老いるのは人間だけではありません。山も老いるし、星も年を取る。川も老いるし、建物だって老いる。動物、虫、植物、それから鉱物――石だって老いる。そういうものが老いていくと、みな人間と同じような兆候を見せます。

僕は若い時よく山に登りましたから、若い山と年を取った山がすぐわかる。若い山は形が崩れていなくて、登り出す時がけっこうきつい。逃げ場がない。そのかわり一気に登りつめたら、何ほどかのことを成しとげた気がして、非常に爽快です。

山が年を取ってくると、若い山にはない起伏が生まれ、シワが出来て、へこみが出来て、崩れが出来る。人体に生ずるのと同じようなことが山に生じる。年寄りの山は、せっかく登ってもまた下ったり、下ったかと思ったらやにわに登ったり。おまけに頂上が瘦《や》せていて、骨張っているので、尾根なんかが非常に怖い。若い山は尾根がふくらみを持っていて豊かです。

年を取っていくと、槍ヶ岳なんか典型だけど、山のほとんどがホネ、岩だらけになる。個人的には、東北地方に多い、ゆったりした大きな山が好きでした。骨張った山は標高があってもあまり好きじゃなかった。山の老い方は、とてもわかりやすい。

樹木を見てもわかります。大木、老木、古木なんて言いますが、もう長い間、伸びていないんです。その代わり、ぼこんとコブが出来たり、空洞が出来たり、枝が半ば折れていびつになったり、妙に威張っていて近寄りがたい。会社でいつまでも会長に居すわっている人と同じような木が、山にもあるわけです。

ああいうのがやっとドッと倒れると、まわりから待ってましたとばかり若木がワッと出てきます。

建物も生まれた途端《とたん》に老化が始まります。

このあいだ、地元で講演会をしたんです。完成したばかりの防災センターの記念講演でした。ずいぶんお金をかけて六階建ての立派な建物になった。聴きに来ている九割はお年寄りで、途中で市長がいなくなったので、「やっぱり出来たての建物っていうのは、年寄りには、相性が悪いですね。向かいにあるオンボロの福祉会館のほうが我々には合ってますね」なんて言ったら、途端に場が和《なご》みました。

真新しい建物には生命力が溢れていて、いかつく感じます。だんだん古びていって、ようやく自分と建物との相性がよくなってくる。

今、古民家とか古い街並みを大切にしようとか、各地で運動がされていますね。たいていは手遅れといったケースが多くて、点としては保存できても線にまでのびず、ましてや面ほどにはひろがらない。運動の主体も年配者が多い。若い時は、「こんな汚くて古いの、何が面白いのか」って言っていたのが、「やっぱり古い建物がいいなあ」なんて急に言い出したけはいがあります。

自分の肉体的な老いが見つけた風景と見ることもできる。

古民家といった特権的なものでなくても、僕は古びた風景が好きです。寂《さび》れた商店街などに、非常に愛着を感じる。でもそれは美学というものではなくて、自分の老人学が見つけた風景です。

すべてが同じような兆候を示している。普段はあまり気づかないですけどね。

自分が落ち着く場所は、自分と同じような生理を持っているエリアとか街。老いのことを考えていると、目にする風景や旅先での体験などが、すべてつながっている気がします。

東京で一番好きな木があって、それは上野の国立博物館の前庭にあるハンテンボクです。グンとそびえた大きな木で、由来がしるしてあります。生育から数えて百三十年、樹木としてはまだ壮年期でしょうが、コブができたりして、明らかに老いのしるしも出ていて、いい具合に威厳がある。上野に行くといつもあの木をしばらくながめています。街というのは、古い記憶を持つ建物なり、寺社なり、樹木なりがないと安っぽくなりますね。記憶を持たない街は、思い出を持たない人と同じように、付き合いようがないし、一緒にいてもつまらない。

病院と老人

病院の待合室が老人のサロンになっている、なんて言われるようになってずいぶん経ちます。いずれ話すつもりですが、じつは僕、病院というのを、あまり信用していません。というのも、医者がたいていい若いでしょう。「おばあちゃん、おじいちゃん」なんて応待は優しいけれど、年寄りのこと、ちっともわかっていないと思いますね。応待してもほんの数分で、そんな他人に、こちらのことわかりっこありません。やっているのは、カルテを見て、現状を聞いて、「ああ、これじゃないな、これでもないな、さしあたりこれで行くか」ぐらいのこと。僕の親しかった町医者は「たんなる消去法」と言っていました。

僕は、「自分の主治医は自分」と決めています。自分とは四六時中付き合っているのだから、自分が自分の体を一番よく知っている。薬を処方されたからって、必ず効くわけではありません。自分の病気は自分で治すつもりで、一番いい方法を追究すればいい。

僕は血圧の薬をもらう時だけ、病院に行きます。

そういう時は、できるだけ混んでいる日の、混んでいる時間を選んで、待合室で聞き耳を立てる。周囲はほとんどお年寄りですから、年寄りの生態が非常によくわかります。

「もらった薬を間違って捨てちゃった」というおばあさんが窓口に来ていて、「これ、信号の向こうの病院のお薬ですよ」

「ああ、そうですか。こちらで頂けませんか」

なんてやっている。

「私は九十一で、一人でやって来て、ちゃんとまだ間違えずに帰れるんですよ」

しっかりした口調の身なりのいいおばあさんもいて、

「ああ、お召し物、似合ってますよ」

看護婦さんが話しかけるところまではよかったのですが、それから、毎日自分が何をしてるか、くどくどしゃべって話が終わらない。

以前、高名な評論家の先生が、乾杯の挨拶で一時間近くしゃべるという事態が起きて、さすがに、ああいう知能明晰な人でもと思い、非常に驚きました。

会場にいた先生の娘さんが「もう、皆さん、お困りですから」と言ってやっと、「では、簡単ではありますが」っていうふうになった。

よくあることです。

「あ、これで終わりだ。ヤレヤレだ」と思うと、またふっと話がつながってしゃべり続ける。明らかに年寄りの特徴です。

あるいは一点においては正確だけれど、九十九点においてずれがあるケースもあって、観察したものを手帳にメモしています。

自戒の意味からも観察を続けていくと、メディアからの情報ではない、老いのいろんなあらわれ方が見えてきます。

第二次世界大戦の終盤の頃、敗色濃いドイツではラジオ局が爆撃されて、「ベルリンを死守せよ」という総統命令が紙のチラシになった。ラジオ放送から、ペラペラの紙になった途端、みんな一斉に信じなくなったというんですね。メディアが違うだけで、信用したり、信用しなかったりする。昔も今も、メディアが人間を怠惰にする証です。

マスコミが言っているからとか、ネットに書いてあったから正しいとか、そういうものではなく、われわれ年寄りは、自分の責任で老いを考えて、自分の考えを持って老いていきたいものです。

ぼくはすごいトシヨリなので昔のことはよく覚えている。小学三年のときのクラス担任はコイデ先生だった。

「キオツケー、礼！」

朝、向きあって全員で礼をした。コイデ先生の礼はかわっていた。からだは直立で首だけコクンと前に折るのだ。

大人になってからだが、直立・首コクンは軍隊の下士官クラスがよくした礼だと知った。

池内紀

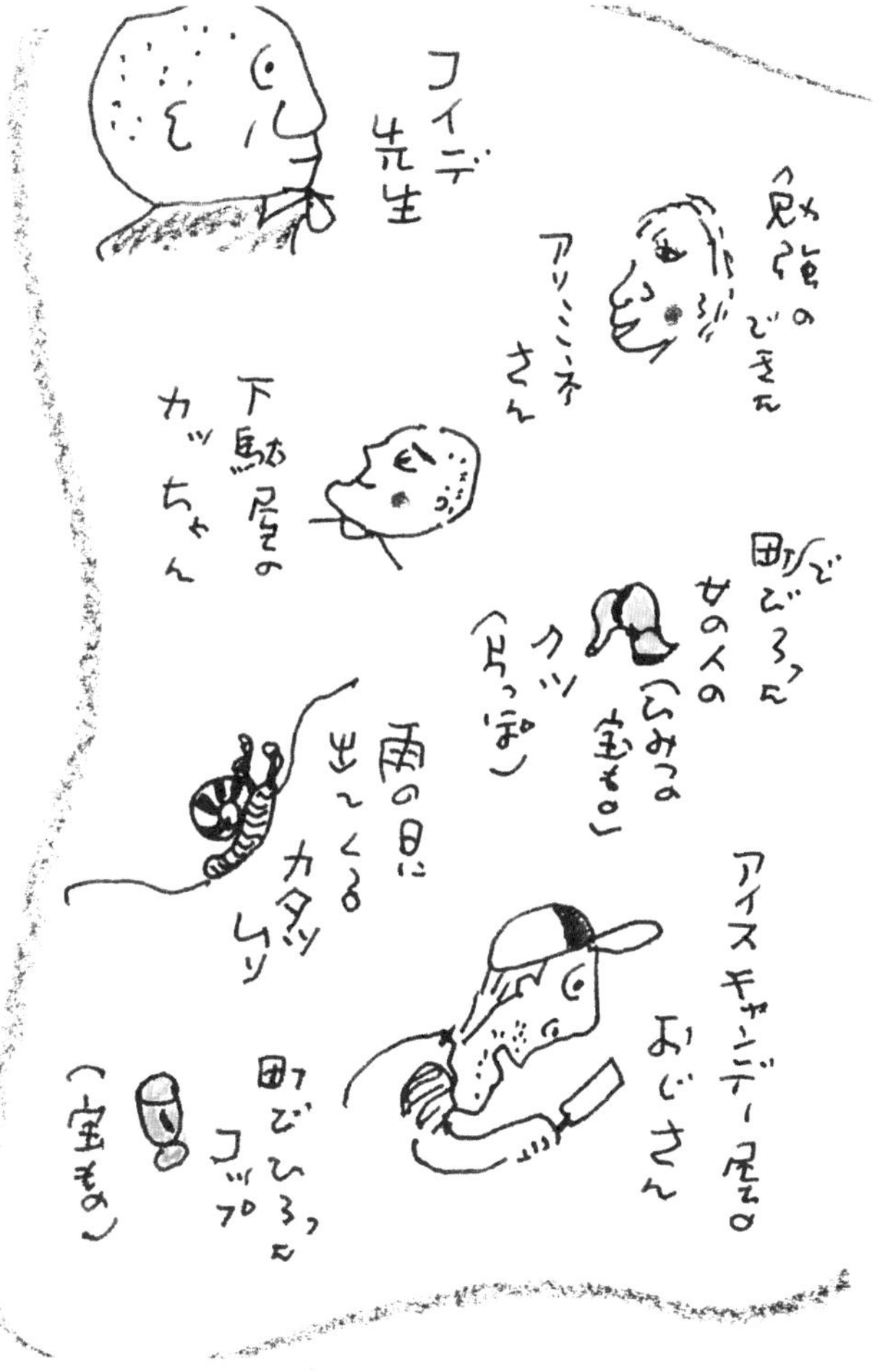
コイデ先生
勉強のできた
アリミネさん
下駄屋の
カッちゃん
町でひろった
女の人の
クツ
(片っぽ)
(ひみつの
宝もの)
雨の日に
出てくる
カタツムリ
アイスキャンデー屋の
おじさん
町でひろった
コップ
(宝もの)

第2章
老いの特性

群れたがる

ある町のコミュニティセンターに、たくさんの催し物の案内が貼り出されていました。ほとんどはお年寄りが集まってやっているらしく、それがどんな人たちなのか、ためしにメモをとってみました。

はじめに、「シニア元気集団」という人たち。集団の目標は「人生再生」「よみがえり」とある。つづいては、青年会議所にあてたのでしょう、「老年会議所」というグループ。「オールドメンズクラブ」というのもありました。あとは、「シニアワーク」「シニアボランティア」「シニアふれあい推進本部」など、みなさん、それぞれ、ボランティア的な活動をされています。

僕はそれをメモしながら、元気なのはけっこうだけれども、言いにくいことながら、年寄り同士が集まってはしゃいでいるような感じがして、少しもの悲しい気持ちになりました。

年を取っても群れることをやめられない。

特に男性の場合、会社勤めも含めてずっと組織なり集団でやって来たから、自立した個人という意識が少ない。常に連絡し合って、群れたがる。

群れるのをやめて一人ひとりが過去を背負い、一人ひとりが自分の老いを迎えるのが本来であって、群れて、集まって、はしゃいで、というのは老いの尊厳に対する侮蔑《ぶべつ》ではないか。

名称からも、あきらかに老いているのに、実のところは老いというものを認めていないからです。だから、「人生再生」「よみがえり」なんて息まいたりする。

元気集団や、シニアふれあいといった声をかけ合って、互いに励まし合うのも老いの一つの特性なんでしょう。

若い人のほうが孤独です。

ドイツの詩人エーリヒ・ケストナーは、若い頃、老人についての短い詩を書きました。どういう詩かというと、たった一言、「老人は醜い」。

これほど、端的《たんてき》な若さの表現があるでしょうか。

もちろん、老いは寂しいから、寂しさを紛らわすために群れるというのもいいでしょう。でも、若い人とちがって、マイナスとマイナスを足してもマイナスしか出てこない。年寄りが年寄りといて、プラスになるでしょうか。

仮に、何かが始まることはあり得ても、老人の基本は過去ですから、過去が集まって何かをやろうとしても、オリジナルなものは出てこない。過去にしたことのお色直し。ヴァリエーションにすぎません。オリジナルとちがって、力が弱く、持続しない。

そんな、コミュニティセンター的なものの中で、「元気」「よみがえり」「再生」というような言葉が溢れているのは、むしろいぶかしい感じがする。

群れるのをやめて、一人ひとりが自立する。そうすれば、何かしらのプラスが生まれるんじゃないか。

圧力で変形

僕の考える老いの特徴は、「深海魚」です。

深海魚は海の底にいるので、水圧のために、目玉が飛び出てたり、口がカーッと開いてたり、背びれが異様な形をしていたりする。

歳月も深い海と似て、長生きをしてくると過去の重荷で体が曲がったり、顔が歪《ゆが》んできたりするのではないでしょうか。

深海魚と老人は似ています。

かつて、堀口大學《ほりぐちだいがく》は宮中に招かれて歌を詠《よ》みました。たしか、こんな歌だったと思います。

〈深海魚光に遠く住むものはつひにまなこも失ふとあり〉

昭和天皇を前に、「世間から遠く離れたところにお住まいの、光に遠い方は、ついには目を失うと聞いております」という辛辣《しんらつ》な歌を詠んだわけだから、その場にいた人はみんなぎょっとしたそうです。幸い、昭和天皇は非常に喜ばれ、また、この時の堀口大學は高齢でしたから、年齢の力もあって問題にならなかったようです。

僕はこの歌を、天皇への何かというより、老いを詠《うた》ったものと解釈しています。

人間も歳月の重みによって、「まなこも失ふ」、肉体が変形する。

「私、ほら、覚えてない？」なんて言われて、しばらく誰だかわからなかった女性がいました。講演会の後、挨拶《あいさつ》されて、言葉を交わしているうちに、彼女は僕らの学生時代の、マドンナのような存在で皆が憧れていた人だったのです。

その人が太って……太るのは別にかまわないのですが、ようするに面影がいっさいない。だから、「ああ、歳月、時間っていうのは、きついことをするものだな」と思いました。

当人も、「ほら、老けたでしょう。もう、鏡を見るのがイヤなの」って言う。鏡を見ると、他人のように見えてくるというのです。

見慣れた自分が、知らない人間になっていく。知らない人間の出現にタジタジとなって、そんな自分と隔たりが出てくる。老いると自分が自分と疎遠になっていく。

見知らぬ自分

街中の思いもかけない場所で、「なんだ、あの変なオッサン、腹の出た、えっ、これ、自分？」と、びっくりすることがあります。

予想外のところで自分を見た時、見知らぬ他人がいる驚き。

そういう見知らぬ他人に近くなった自分と、いかに折り合いを付けていくかというのが、老いていく日々の特徴です。

若い時だって三面鏡なんかで角度を変えると、ぜんぜん見知らない顔になりました。「あれ？　こんな顔、横顔、オレ、こんな顔かな」なんて、あれは非常に新鮮でした。

年を取った今も、それに近いと思えばいいんですが、

「正面から見ても見知らない」

というのは、かなり強烈です。

とてもうっとりはできない。そんな人がいたら、よほど目が悪いのでしょう。

だから、「目がかすんでくる」くらいで、丁度いいんです。白内障の手術なんかをすると、みなさん愕然とする。奥さんを見て、「えっ、お前、こんな婆さんだったか」と。

「だって、あなただってじいさんじゃないですか」

もうそんなに、よく見える必要はないんです。ぼやっとしてるぐらいが丁度いい。

「いつの間にこの目の下がこんなに垂れたのかな」とか、「喉にこんなシワがあるのか」とか、見知らない自分が出現する頃に、目の感度が悪くなるのは神様の救いですね。

老語の楽しみ

老いの特性でいうと、自分が「見知らぬ他人」になると同時に、言葉が「見知らぬ言葉」になります。新しく生まれた言葉についていけなくて、わからなくなる。

特に、パソコンが生まれてから急激に言葉が変わりました。最先端の言葉なんかを、わざわざ年寄りが使うことはないんですけど、日常的に、日本語と同じように使われているカタカナ語が猛烈に増えた。

新しい言葉についていけなくなると、「えっと、あれはなんて言ったっけ、ええっと」というふうに、言葉そのものに見捨てられていく。

何とか言おうとすると、自分の言葉ですから古い言葉が出てきます。「カッターシャツをクリーニングに出して」とか、「そろそろチョッキの季節だな」とか。

チョッキって、今は「ベスト」でしょう。「ベルト」って言わないで、「俺のバンド、どこへいった？」って。それから、テレビのキャスターを「司会者」と呼んだりする。

たまたまある温泉町に行って、泊まった宿に「お色気指南」っていうような本が置いてあって、それがいかにも、我々よりもさらに年配の戦前青年だったような人の書いたものだと即座にわかりました。「夜のアバンチュール……お色気指南」って、言葉が老いている。

「ああ、これはあの時代の新語だな」と思いました。古語ほど古びてはいないから、僕は「老語」と呼んでいます。

「ドッジボール」なんて、どこやら懐かしいですね。我々の世代は、ドッジボールでよく遊びました。女の子と一緒にやって、好きな子にはぶつけないとか、そういうドラマもあった。

精神的なものはごまかしが利くけれど、言葉は証拠物件です。

老語が口をついて出てきて、新しい言葉になじめない。でも、老語というのは、時代の流れの中で、老語になっただけで、当人から言えば生きた言葉です。当人にとってそれは、「司会者」や「ドッジボール」、「カッターシャツ」であって、「チョッキ」である。実体と応じているので間違いではない。

年寄り同士で話していると、だんだん、「ええっと、あれ何だ、あれ、なんて言ったっけ」と、そればかりになる。言葉が浮かんでくる手がかりがない、まったくの空白で、だから、いくら考えても出てこない。あの段階になったら、もう考えないほうがいいとすら思います。

見捨てられない訓練

老いの特性の中でも、「言葉に見捨てられる」のは非常に辛い。

そこで僕は、一つの訓練を実践しています。

あまりものの紙を短冊《たんざく》のように細長く切って、どこかで見かけて気になっている「新語」を書き入れる。短冊の束をクリップで留め、ヒモを付けて机のわきにぶら下げておくのです。そこに、たいてい英語だから、その綴《つづ》り、それから辞書で引っ張ってきた例文などを、そのつど加えていく。僕の場合、短冊は社会一般のものと、料理専用の名前のもの、二組あります。

「うちの会社もね、そろそろリノベーションしないと」

「オン・デリバリーで、いつでもご注文に応じる……」

「リノベーション」「オン・デリバリー」なんていう言い方、「アイテムがどう……」とか、日常使われているのに意味のわからない言葉を、短冊にして吊します。新語の七夕です。

「フランチャイズ」なんていうのは、あまりにもよく使われているけど、実際、どんな意味なのか。今、みんなが使っている「コンテンツ」とか。

短冊を作る目的は、自分で新しい言葉を得て使うためではなくて、自分が理解するためであって、自分で短冊に書いた言葉を使うことは、まずありません。

遅まきながら、「クラウドファンディング」という言葉を見つけました。

どういう意味かぜんぜんわからなかった。ファンドの動詞をファンディングにしている。これはわかります。お金の集め方だろうと思ったけど、クラウドがわからない。英語はドイツ語とちがって、綴りが発音どおりにいかない。

クラウド（ｃｒｏｗｄ・群衆）は「ｏｕだろうなあ、ａｕかな」なんて、辞書を何度も何度も引き直します。パソコンで引けばすぐ出てきますが、簡単に覚えたものは簡単に忘れます。

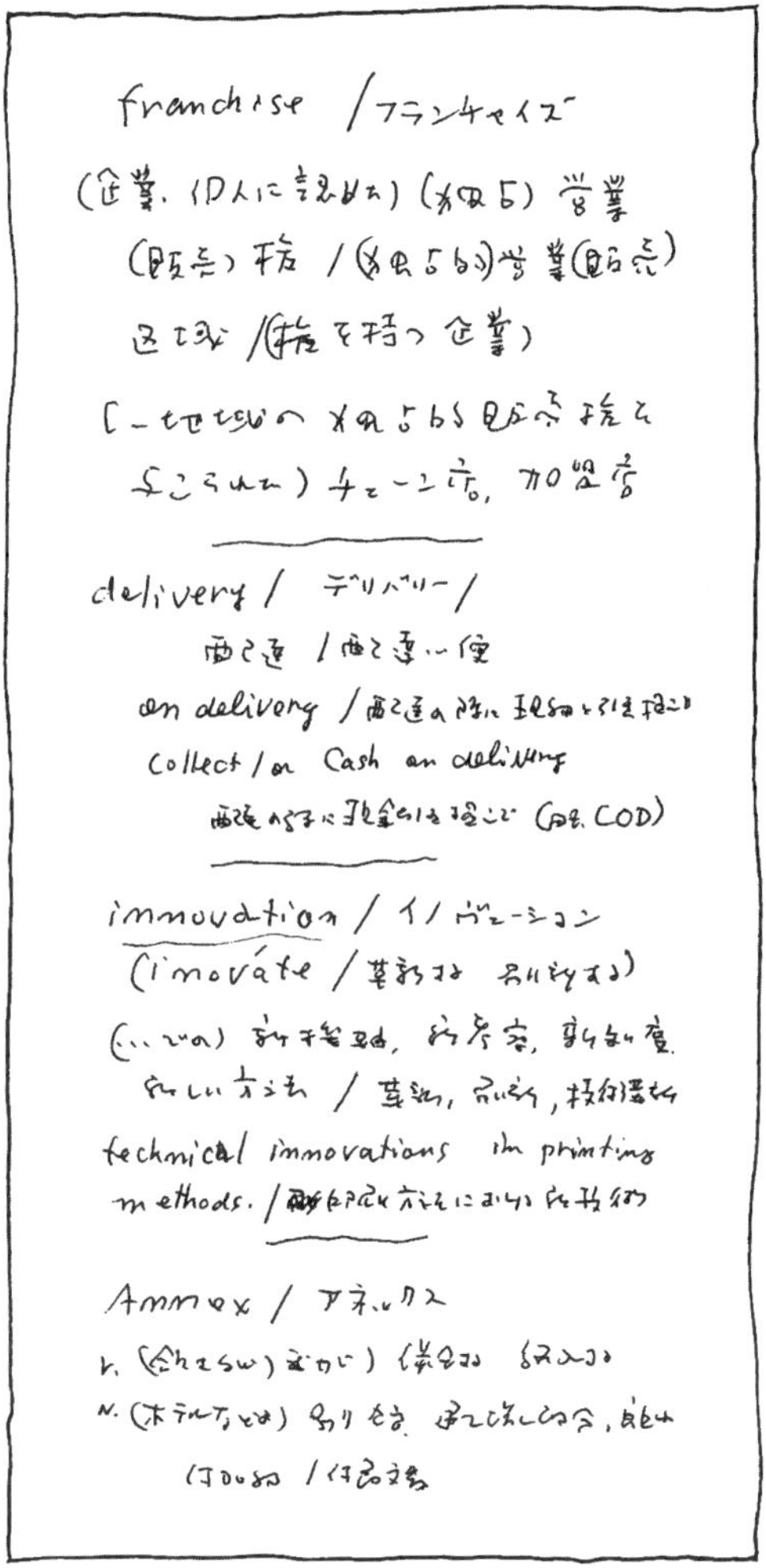
franchise / フランチャイズ
delivery / デリバリー /
innovation / イノベーション
technical innovations in printing methods.
Annex / アネックス

新語の短冊

そもそも、「若い女性がクラウドファンディングで古民家を修復して、一軒棟の民宿にした」という話を何かで読んだわけです。若いといっても三十過ぎぐらいだけど、募集に応じてくれた人には村のお土産をとか、一泊無料だとか、それを明示して、けっこうお金を集めることができた。

これは、不特定多数の人からの資金集めっていう、それじゃないかなと思ってメモをしていたら、だいたい正しかった。意味を推察するのは、いい頭の体操になります。

でも、こういうカタカナ語を頻繁《ひんぱん》に使う人間を僕はあまり信用していません。日本語でちゃんと言うことができるわけですから、やたらに使う人は、もうハナから信用しないほうがいいって言っています。

刷り物などで、マネジメント課の部長という人が、のべつ片仮名を使うんです。「何とかスキルをどう……」とか、「ノンマネジメント・スキルを」とか。当人、本当にわかっているのかな、なんて思う。「そういうターム」とか、自分たちの社会の決まり文句を、応用してるだけで、自分のメッセージではない。すぐにわかります。

そんな馬鹿馬鹿しい言葉は短冊行き。

でもこうやって、関わっているだけでも、言葉との縁を保つ訓練になるのです。

不機嫌の原因

自分に疎遠になる。言葉にも疎遠になって、そうなると面白くないですから、だいたい年寄りは不機嫌です。

覚えたはずなのに出てこない、忘れてしまっているというのは、やはり面白くない。

だから、パソコンなんかで学ぶんじゃなくて、手間のかかる、これまでの自分の勉強の仕方に合うような学び方でやれば、ある程度は対応できます。

それから、不機嫌の原因の一つに、「周囲が老人を作る」ということがあります。

周りの人が、「もう年寄りだから、これはあなたには頼まない」とか、「これから何をしたいか」ではなく、「どういうことをしてきたか」って、それしか聞かない。

当人としては、年を取ったからって、したいことはあり、これからの予定もあるんだけど、他人がそれを聞いてくれない。

自分に見捨てられ、言葉に見捨てられ、世間から見捨てられるというのが、老いの特性です。だから、その中で自分の知恵と工夫を発揮して、自分の世界を作っていくしかありません。これは、自分が加齢していくことを認めない、「アンチエイジング」とは違います。

これだけ聞くと、暗澹《あんたん》とした気持ちになりそうなものなんだけど、僕はそうでもない。見捨てられる、疎遠になるって、非常にマイナス面で言いましたけど、これはもう、老いの特性なので、きちんとわきまえればすむことです。

「他人が年寄りを作る」というのは、それは当然のことです。「いや、俺は……」なんて言わないで、「ああ、作ってるな、他人が自分を年寄りにしていくんだな」っていうふうに現実を見ていけばいいんです。

だから「俺を年寄り扱いしているだろう」って、周囲に怒ってみてもつまらない。

「どうして俺を飛ばしたのか」って、それは「年寄りに割《さ》く時間はないんですよ」という、はっきり言えば、そういうことです。

用の終わった人に時間を割くわけにいかない。そこまで言わないだけで、他人は当然、無用の人間として扱うわけですから、過去がどうあれ、肩書きがどうあれ、実態はもう無用のものです。

そんな自分の現実の見方と同時に、「自分の見方が古い」ということも考えないといけません。ものの見方、社会の見方、あるいは人間の見方は、当然これまで自分が養ってきた見方ですから、時間的に古びている。しかし、当人はそれに気づかない。

批判の仕方は上手だし、弁も立つ、マイナスを数えることにも鋭敏ですが、批判の基準がやっぱり古い。見当違いなことで批判していることも多いんじゃないでしょうか。

自分の意見が通らないから不機嫌になり、頑強に主張して妥協しなくなると、壁を作って閉じこもってしまう。そんなふうに、マイナスがマイナスを生む前に、古い見方をしている自分は古い人間で、新しいものに馴染めない人間であることを、「ああ、これが老いなんだ」と、見極めればいいのです。

物がモノノケになる

まだまだやれる、やるつもりでも、そうは周りが許さないのが老いというものです。

年寄りを年寄りにさせようとするのは、人間だけではありません。

急に茶碗が手から落ちたり、物にぶつかったり、テーブルの上の何かが倒れたりする。レストランでコーヒーカップをひっくり返す。思ってもみないことが起きる。自分の動きと、目の前にある物の配置の、ピントが合わなくなってくる。

それは、老いがやらかしたこと、それはそうなんだけど、むしろ逆に、「周りの物が年寄りをからかって、いたずらをする」と、僕は考えています。

生き物が魔物になるのと同じように、モノがモノノケになって年寄りをからかう。

「物がいたずらする」というのが、老いの特性です。

手から急に物が落ちるのは、手の力が緩んだのではなく、物が反抗するからです。

一冊の本を探していて、「あの本はたしか、本棚の三段目の一番右端」なんて思って探すと、その本だけがないのは、本が年寄りをからかっているからです。

若い時には探すまでもなく、「どこだっけ。この辺か」、手をのばすとぱっと出る。ちゃんと一発で見つけられました。でも、年を取ると、物が隠れるようになります。

たった今、ここに置いたメガネがない。

カレンダーを留めていた画鋲《がびょう》がぱーんと飛んで、一瞬にして姿を消す。

メガネや画鋲が、隠れて笑ってるんです。

そういう時の秘訣は、「まあ、いいや、勝手にせえ」って、諦《あきら》めた振りをします。年寄りは振りが上手ですから。そうして、戸をぱっと開けたりすると見つかったりします。

不意打ちをかける。そういう、物との知恵比べが増えました。

目を皿のようにしていると絶対に出てこない。

昔の人も「器怪」と呼んで、日用品が化けてモノノケになると考えてました。お櫃《ひつ》やしゃもじや鍋なんかが、生き物のように化けて出て、お練《ね》りをする。そういう絵が残っています。

「器物を大切にしろ」という教えもあったのでしょう。

昔も今も、モノノケに遭遇して途方に暮れるような目に遭うのは、おもに老人です。物がいたずらをすることと、「えっと、あれ、何っていったっけ」なんて、言葉が出てこなかったりすることは、どこかでつながっています。

第3章

老化早見表

老いの進行を知る

この前、久し振りに小学校時代の同級生と会って、昔話をしていたら、「オレは小さい頃から花が好きだったしなあ」なんて、懐かしそうに話し始めたのです。

彼は今、趣味で花作りをしているので、さもありなんですが、昔を知っている僕にすれば、そんなことは絶対になかった。

「ウソをつけ。あなたね、学校の行き帰りに花を見ていたなんて、そんなことなかったよね。タンポポの花をちぎってぶつけてきたじゃないか」

手当たりしだい、葉っぱをちぎったり、引っこ抜いた。

ところが、当人は「幼い頃から花が好きで」と思い込んでいるのです。

以前、どこかの講演会で、「老人は過去を捏造《ねつぞう》しますから」と発言したら、会場が一斉にざわめきました。

年配者同士が昔の自分について喫茶店で話していることのかなりはフィクションでし

ょう。「そうであった」ことではなく、「そうであってほしかった」、願望をしゃべっているんです。そうして、いつのまにか自分でも願望を事実とすり替えて、自分で自分の話に感心したりしている。馬鹿馬鹿しくて、奥さんは聞いてくれないから、ああいうところで話しているんですね。

言い方を変えれば、老人にとって過去は自由自在に変更できます。

捏造度によって老いの進行ぐあいがわかる。

そういう自分の老いはどこまで進んだのか。

「今の自分はこの段階」「だからこういう兆候がある」ということが一覧にしてあると、非常に便利です。

僕はこれまでの観察メモをリストにして、「老化早見表」というものを作りました。

老いの初期段階は「カテゴリ３」、やや進むと「カテゴリ２」、最も老いの進んだものが「カテゴリ１」。老いは病気ではありませんが、症状としたほうがわかりすい。症状の名前は僕なりに考えて付けたものです。

●カテゴリ3
失名症・横取り症・同一志向症・整理整頓症・せかせか症・過去すり替え症

老いの初期段階では、人の名前や固有名詞が浮かんでこない「失名症」や、人と話しているると急に話を横から取っちゃって自分の話に持っていく「横取り症」が現れます。それから、「同一志向症」。これは、例えば、自分のメガネをテレビの横に置いていて、家の人が掃除の時に動かしたとします。そうすると、「俺のメガネを勝手に動かすなよ」なんて言う。「メガネの置き場所はここなんだから」。

ようするに、自分が決めたものが決まった所にないと承知できない。

玄関なんかでも、「俺の靴はここなんだから」と言って、置き場所に非常に神経質になります。

家の人からいえば、こっちであろうと、あっちであろうと同じなのですが、当人にとって、同じものはいつも同じ場所になければならない。自分の秩序にやたらにこだわり

老化早見表

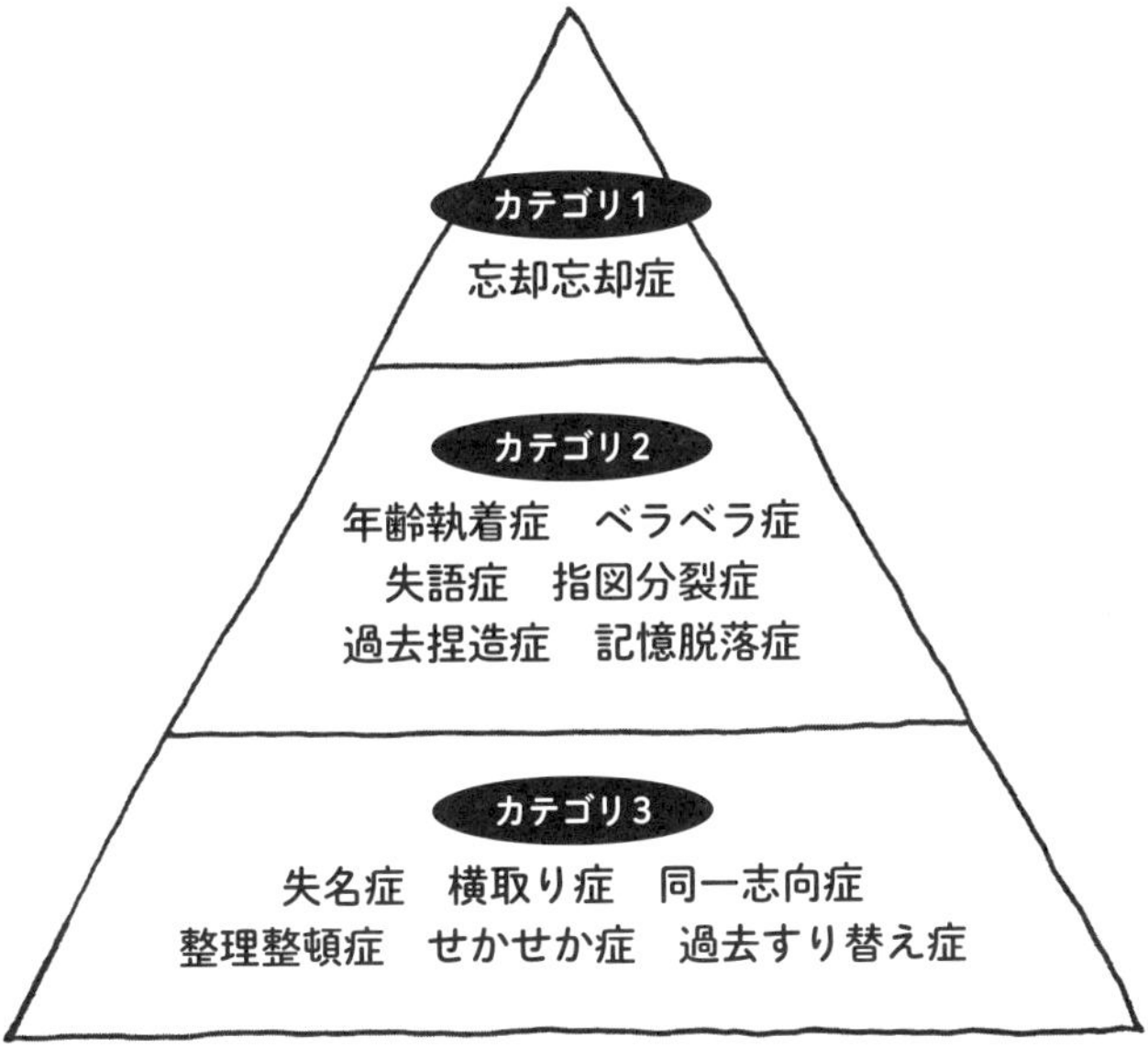
カテゴリ1
忘却忘却症
カテゴリ2
年齢執着症　ベラベラ症
失語症　指図分裂症
過去捏造症　記憶脱落症
カテゴリ3
失名症　横取り症　同一志向症
整理整頓症　せかせか症　過去すり替え症

出す。典型的な老いの始まりです。

それと似たものに、「整理整頓症」があります。

例えば、ここに切手が入ってる袋があるとして、若い頃はいっしょくたにしてあって、必要があると中身をぶちまけて探すのがふつうです。それが年を取ると、こまかく額面の金額ごとに小分けして、それぞれを小袋に収めたりする。

過去の手紙も、国内の手紙、外国の手紙、親しい人、親しくない人、と整理したがる。家の人から見れば「捨てればいいのに」と思うものでも、整理して保存したがります。大した蔵書もないのに、地理関係、歴史関係と分類したり、引き出しの筆記用具なども、小さく分けて整理したがる。当人の考える「秩序だっている」ことに、安心するようになります。

それから、急がなくてもいいのにせかせか焦るのが「せかせか症」。

バスに乗っていて、運転手さんが「立たないで」って言うのに、バス停に近づくとすぐに立ち上がってよろける。あれは運転手さんが一番嫌がります。事故があったら運転手のせいになるからです。「停留所に着いてから立ってください」って何度も言うのに、やっぱりせかせか立ち上がろうとする。

食事もせかせかして、誤嚥《ごえん》をする。食べ物が気管に入ってしまう。ゆっくり食べればなんてことはないのに、お餅を丸呑みして、大騒ぎになる。

また、自分の昔話をする時の「過去すり替え症」も、このカテゴリーに入ります。

それから、電車に乗ってからふっと、「自分はどこに行くんだったかな」っていう、「一時的記憶脱落症」が起こります。その時点ではまだ一時的で、すぐに回復するので大したことはありませんが、明らかに老いの兆候です。

●カテゴリ2
年齢執着症・ベラベラ症・失語症・指図分裂症・過去捏造症・記憶脱落症

みなさんあまり気がつかないことですけれど、老いが進むと、やたらと年齢に執着するようになります。聞かれてもいないのに、「いや、俺もね、いい年になってね」とか、

「あなた、幾つ？」とか言い始める。これが「年齢執着症」。

誰だって、二十代から三十代、三十代から四十代になる区切りの時は、ものすごく年を取った気がして、年齢に執着します。でも、それ以降、あまり気に留めないまま過ごしていたのに、ある時から、「彼、若いよね」とか、「いや、けっこう老けてるけど、そうでもないかな、年は」なんて、口にし始める。明らかに老いが進んでいるしるしです。

「横取り症」がカテゴリ2に進むと、「ベラベラ症」になります。人の話を横取りした上に、ベラベラベラベラしゃべって、切り上げ時がわからなくなる。

「失名症」は「失語症」に進行します。「昨日食べた、あの……」って、普通名詞が出てこなくなる。ごくふつうの、日常のものなり言葉が出てこなくなります。

さらに、「整理整頓」と「同一志向」が発展して、「指図分裂症」が現れます。

自分は指図したがるくせに、自分が指図されると非常に不愉快です。記憶の脱落が本格化します。

「ああせい、こうせい」と、奥さんに言いながら、自分が言われたりすると、「うるさい。こっちはちゃんと考えてるんだ」とか、「俺だって考えてるんだよ」なんて、手に負えなくなってきます。過去すり替え症は過去捏造症に進行します。

●カテゴリ1 忘却忘却症

老いの初期には、「俺はちょっと過去をすり替えてるな」くらいの自覚はあるものです。さらに進んで、過去の捏造が始まりますが、当人にはまだ、若干の自覚は残っているのではないでしょうか。

ところが、カテゴリ1になると、すり替えたり、都合よく作ったりしたことも、すっかり忘れてしまいます。完全に「事実」と思うようになる。「一時的記憶脱落症」の「一時的」が取れてしまうと、かぎりなくカテゴリ1に近づきます。

カテゴリ1では、忘れたということを忘れている「忘却忘却症」が現れます。

こういうふうになった人を、僕は、「忘却居士《ぼうきゃくこじ》」と呼ぶことにしています。故人に使う言い方。生きながら「居士」だという、そこまで行けば、偉いと思います。忘却の名人ですから。

何をしようとしてるのか、一時的な記憶脱落じゃなくて、もう何をしようとしていたのかも思い出せないという、そういう状態で、カテゴリ1になると非常に単純化されます。記憶というのは人間には重荷ですから、それが脱落していくというのは、周囲とか当人の問題は別として、それ自体は一種の恵みだと思います。

思い出すことは、だいたい自分がミスしたり、人に迷惑をかけたり、辛かったことなど、否定的なことが多い。そういうものも忘れるわけだから、カテゴリ1の状態は、当人にとっては必ずしも不幸ではないはずです。

横取り症と日本人

世間から離れると、家族が身近にいることになって、「ああ、この人もこういう症状を見せだしたな」ということが見え始めます。中でも、「横取り症」や「指図分裂症」

は、家庭内に支障をきたしやすいので、注意が必要です。

老夫婦間では「僕は指図されるのが嫌なので、わざわざ言わないでおいてくれ」とか、「僕はしゃべってるのを横取りされると困るんで、もうちょっと聞いてからしゃべってよ」とか、そのつど釘をさしておく手があります。相手はたいてい、「ああ、ごめん、ごめん」って謝っても、すぐしゃべり始めますが。

「ちょっと今、横取りさせて。すぐ黙るから」って言ってくれればいいのに、いきなり横取りをする。

ヨーロッパの人は、教養にもよりますが、「横取り症」ついては非常に厳格です。「人の話に口を挟まない」というルールが、社会全体に徹底されている。

ドイツでもどこでも、ヨーロッパに行かれたら、高いレストランではなくて、普通の人が行く食堂をのぞいてみてください。庶民的な食堂は、家族で来ているケースが多くて、おじいさん、おばあさん、その息子や娘、その配偶者、子どもたちなど、もう十人か十五人ぐらいで食事をする。そういう時の、食事の仕方が非常に面白いです。

まず、みんな一人一人注文するものがちがう。子どもでも自分の食べたいものをちゃんと選びます。時間はかかりますが、ボーイさんがじいっと待っていて、全部メモして、十五とおりぐらいは同時に持ってくるわけですから、見事なものです。

それで、家族の会話が始まるわけですが、例えば、「フランスで右翼の政権が出来たらどうなるか」なんて議論。すると、おじいさん、おばあさん、息子たち、それぞれが、「マリア、お前はどうなんだ」って、若い子にね、女の子なんかにも話題を振っていく。

女の子はもう真っ赤な顔をして、つっかえつっかえ、なにか言うわけです。みんな、頬杖《ほおづえ》をついたり、アゴを撫でたりしながら、小さくうなずいて、じいっと話し終わるのを待ってる。最後に「これで話はお終い」となって、「うーん、そういう考えか」っていう具合になる。

小さい子がおぼつかない言い方で話を始めると、いっせいにみんなが耳を傾ける。最後まで聴いて初めて次に行くという、あれは小さい時から躾けるようです。

居酒屋なんかでも、学生たちが議論をしていて、一人が意見を言っている間、他の人はじっとその話を聴いている。話が終わると、「じゃ、俺の考えを言おう」って別の学生が話し始める。こういうのは議論ですから、言い負かされたからといって、別に負けたわけではありません。

日本人は、議論で言い負かされると負けたような気になって、「生意気だ」とか、「勝手なことを言いやがって」とか、そういう具合になってしまう場合が多い。

だから日本人は、意見を言わないし、議論ができない。

人の話に口を挟むのは、だいたい力のある側です。

親と子だったら、親が子どもの話を横取りする。

子どもが自分の話をしているのに、「俺の若い時はそんなことしなかったよ、お前、考えろよな」って、筋違いの説教になってお終い。それで、「わかったな」なんて念を押している。

子どもは「はい」って言うでしょう。自分の部屋に戻る。「あいつ、だいぶ懲りたかな」なんて、お父さんとお母さんは言ってるけれど、子どもは懲りてなんかいません。

人の話を聴いてくれない人に言ってもしょうがないから、なにも言わないだけです。

人の話を最後まで聴かないで、すぐ自分のほうに持っていってしまう。日本人の「横取り症」体質は、社会全体の問題です。

最後まで話を聴く力

このあいだ、ある文庫本の解説を頼まれて書いたのですが、その著者は、自殺率日本一と言われていた秋田県で、中小企業の社長さんなど一線で働く人のための、自殺防止の相談窓口を作った人です。自分も経営で失敗して、自殺を考えたことがある。たいへんご苦労された方です。

その方が言うには、相談をしにきた人への一番の対処法は、「とにかく徹底して話を聴くこと」なんだそうです。

ずうっと話を聴いていて、相手がまだ話し足りないと思えば、「じゃあ、この日に」って日にちを決めて、また聞き役を続ける。徹底的に聞き役に終始する。その上でアドバイスができればする。

それでずいぶん秋田県の自殺が減った。それまで日本一だったのが、ずいぶん減ったっていう数字が出てました。

相談をする人は、相手の話を途中で取るような人は信用しません。胸の内を打ち明けてくれません。じっと聴いてくれる人がいるから、話すことができるし、自分で話している段階で自分の問題点が自分でわかってくるわけです。

最後まで話を聴くっていうのは、民主主義の基本ですけどね。

しかし、最後まで話を聴くのは大変なエネルギーが必要です。ついなんか口を挟みたくなる。我慢するのが非常に難しい。

だから、僕は「聴いてる振りだけでもいいんじゃないですか」って思います。夫婦なんかだと、「ああ、ああ、うん」って、他のことを考えていたっていいんだから。

僕は教師時代、学生たちがいろいろ話すのを聴きながら、いつも他のことを考えていた。「ああ、いいんじゃないかな」なんて答えて。自分の問題というのは、人に話すことでほとんど解決しているんだと思います。

横取り症は困ったものです。家庭にかぎりませんが、最後まで話を聴く力が必要になります。

第4章
老いとお金

本当のお金持ち

以前、ある雑誌の「お金特集」の巻頭対談で、作家の小沢信男さんと「お金」について話をしたことがあります。ミスキャストもいいところで、なんで呼ばれたのか、僕も小沢さんもさっぱりわからなくて、お金にぜんぜん縁のない二人が会って、話すハメになった。「お金なんて話すことないよ」「池内さん、まずうんちくを傾けて」「うんちくなんかないんだもの」なんてやっている。終始そんな感じでした。

とはいえ、お金は老後の大切な柱です。お金のことは無視できません。やはりそれなりの蓄えは持っているほうがいいでしょう。

たくさん蓄えがあるから幸せとは言えません。たくさんある家庭や個人の場合のほうがむしろ、たくさんの問題を抱えていて、それが老人にのしかかってくるという不幸な例もたくさんあります。

才能とお金は、あるところには過分にあって、ないところにはぜんぜんないという、元来、世にも不合理なものです。

この金銭万能社会ですから、まったくないのは辛いことで、お金があるから幸せとは限らないけれど、ない場合には確実に不幸です。

「では、老後はどれぐらいあったらいいでしょう」

新聞のマネー教室などにありますよね。財務コンサルタントなんていう人が答えている。

そういうことを聞く発想もわからないし、生活も、好みも、生き方もみんな違うから、回答の根拠もありません。

ある時、そろそろ定年という女性に、かなり真剣な表情で聞かれました。

「どなたかに聞かれたんですか？」って言ったらうなずいて、「もう、みんな答えがバラバラでわからなくなった」と言うんです。もし僕がとんでもない額を言ったら、そんな大金、用意できるんでしょうか。

仮に二十年の余生と考えて、二十年分用意できたとしても、二十年が三十年になったり、五年で死んじゃうことだってある。それればかりは誰にもわかりません。ある程度、安心できる金額というのも人によって違いますから。僕が提案できるのは、財布の使い方くらいです。

どんなに財産を持っていても、いつもお金のことばかり考えているのは貧しい人です。お金を増やす、あるいは蓄えを保持することばっかり考えて、ちょっとでも減ると非常に神経質になる人も同様です。あと何年生きるか、どんな病気が待ち受けているか、「いざ」という時のためにこれだけ必要だとか、色んな情報に翻弄《ほんろう》されて守りの態勢になっているのは、つまらない情報通です。

常にお金のことばかり考えているのが一番貧しいとすると、ものの道理として、お金を意識しないで生きるのが、本当のお金持ちということになる。どうやれば意識しないでいられるか、「お金のことを考えなくていいシステム」を、自分で生活の中で作ればいいのです。

お金のことを考えなくていいシステム

これからお話しするのは、大まかに言えば、朝に所持金を点検して、あとは「いっさいお金のことを考えない」という、僕なりに考えた方法です。

ポケットの二つある小銭用の小さい財布と、お札用の折りたたみの財布、この二つの財布と、自分と一心同体のリュックサック、必要なのはこれだけです。

小銭用の財布には、一円玉、五円玉、十円玉を入れるポケットと、五十円玉、百円玉、五百円玉を入れるポケットがあって、それぞれに一定額を入れておきます。十円、五円、一円がふだん、どれくらい出るとか、百円硬貨だったら何枚持っているのが一番いいとか、そういったことは自分の体験でだいたいわかるようになるもので、それにしたがって、所持金の割合を決めればいいのです。

一円玉は四個あれば、五円玉や十円玉と組み合わせることで、どんな端数にも対応できます。百円玉五個と五百円玉一つで千円だから、その範囲内はだいたい処理できます。

お札用の折りたたみの財布には、人によってちがうでしょうが、例えば一万円を三枚、千円札を三枚なんて割合はどうでしょう。リュックサックの内ポケットには一万円札を五枚入れて、自分では「銀行」と称しています。もうぜんぜん使わなくても、もしかの時の安心料で、銀行を背中にしょっていると思えばいいのです。

「小銭入れ」「札入れ」、それからもう一つの「銀行」、三つの組み合わせ、それだけでお金のことをぜんぜん考えなくなります。

考えるのは朝の点検の時だけ。どうして五円玉がないのか思い出せない。何かの支払いの際、「あ、五円あるから」って渡したのでしょう。

毎朝の点検の時、硬貨の割合が偏ったりしていれば入れ換えたり、不足していれば補充します。こういう時のために、お菓子の空箱に、一円、五円、十円など、小銭がたくさん備蓄《びちく》してあるので、この備蓄銭を使って、財布の中身を一定にしておきます。

こうすれば、全体はぜんぜん変わりません。お釣りなんて、一円玉でもらおうが、十円玉でもらおうが、家に帰って分けて、明くる朝に点検すればいい。

いったん、このシステムを始めてしまえば、金銭に関しては考えずに済むようになります。

「僕は毎朝、所持金の点検をやって、それ以後はいっさいお金を考えない。何が金持ちって、金のことを考えないで、この金銭万能社会を生きられるっていうのが一番の贅沢だ、一番の金持ちである」

ちょっと自慢をすると、ある時、日銀の雑誌にそういうエッセイを書いたら、友人の女性ピアニストから手紙が来て、日銀に勤めている旦那さんにこう言ったそうです。

「あなたは日銀なんかに勤めて威張っているけど、お金だけの人間だ。池内さんなんて、ぜんぜん考えないで生きてる。そのほうがウンと金持ちですよ」

このシステムはどうでしょうか。背中に銀行をしょった、お金をなるだけ考えない生活です。

三つのリュック

外出をすると足代がかかります。リタイアした友人の中にも、「何処《どこ》そこに行くのなら、バスと地下鉄を組み合わせればＪＲより百三十円安い」とか、そういう話ばかりする人がいて、切実な問題と言えば切実ですが、そこに時間と労力を費やすのは、お金に左右されすぎです。

どうせちょっとした差なのだから、むしろ、そんなことは考えない状態でいたほうがいい。ちょっと儲かったからって、そのお金が生きるわけじゃないんですから。

僕は自分と一心同体のリュックサックを、三つ持っています。みんな同型で、それぞれに同じ小物が入っていて、同じ「銀行」がついてます。

リュックの用途はちがいますが、外出するたびに、かばんの中身を入れ換えたりはしなくていい。「Ｓｕｉｃａ」も三つそれぞれに入っていて、ようするに、外出する前に、用途に応じてリュックを選べばいい。

風邪薬、胃腸薬、痛み止めといった簡単な薬を小袋にまとめてそれぞれのリュックに入れています。銀行といっしょに病院を背中にしょっているわけですね。

それから小さな軽い折りたたみの傘、これでどんな雨でも大丈夫。さらに、あめ玉とかチョコレートも入っている。だから、駄菓子屋も入ってる。

あとは、「写ルンです」も巾着《きんちゃく》袋に入れて、それぞれのリュックに常備してある。これでどこでもすぐに写真に撮れます。デジカメは重いから、僕はもっぱら「写ルンです」を持ち歩いています。

リュックの口はヒモで結ぶタイプで、ここにカラビナをぶら下げています。登山の道具なんですが、今、お洒落なカラビナがたくさん売っているので、リュックにぶら下げておくと小袋を整理できて、楽しいし便利です。

背中に銀行と薬局と駄菓子屋と、カメラと、傘と、小さな手帳。そういうものがそれぞれに同じように入ってる。同じタイプのリュックサックを三セット用意している。

「そこまで、みんな入ってるんですか」って人に驚かれることがあるけど、いちいち詰め替えなくていいのは本当に楽です。

あと、果物なんか食べたい時あるでしょう。だから、リンゴの皮なんかをむく時の簡単なナイフを入れる。爪が伸びてると気になるでしょ、その爪切りとかね、それも全部、一通り入っています。どんな場合でも困らないようにする。銭湯なんか、僕、好きだから、あがった時に扇子《せんす》が必要。そういうものも入れています。

リュックの用途によって、背中の銀行の資本金も変わります。地元用のリュックはちっちゃい銀行で、旅行用のものは大銀行。そうは言っても、いずれも大した金額じゃありません。

在庫一覧表

この金銭万能社会を、金銭を気にしないで生きるためには、知恵と準備が必要です。知恵といっても大したことじゃありません。しかし、こういうことは、どこにも書いてないですから、自分で考えて、工夫したものでやっていくしかありません。

持ち歩くリュックの中身なんかは、最初は入れている物を一覧にして、帰ってから「ああ、これはあったほうがいいな」「これは必要がなかった」と、気づいたこともメモにしていく。

ぜんぜん使わないものが出てきて、それを消していくという作業を繰り返して、今持ち歩いているのは、最終的に残ったものだけだから、非常に少ないです。

人間、思ったほど物を必要としないです。「これも入れておこう、あれも入れておこう」っていう、とくに旅行になると、不安にかられていろんな物を入れたがるでしょう。で、荷物がふくらんじゃうんだけど、あれは重たいものを担《かつ》ぎ回るだけだと思っています。そういうメモをしてね、帰りがけとか、帰宅してから確かめると、七割ぐらいは使ってないですね。

自分の身に着けているものの「在庫一覧」は、もう二十年ぐらいやっています。何度も何度も改定して、×が付いたり○印が付いたり。赤丸が付いている。これはまああったほうがいいかなと。「これは要る、やっぱり残しておこう」とか、「これは要らないな」という試行錯誤を繰り返しました。ここまで来るのに、ずいぶん時間がかかりました。

一覧表の上段はとくに国内旅行の場合で、出かける時の点検用。旅先のホテルから小さいショルダーかなんかで、食事に行ったり、散歩といった時に必要なものは別のワクに書いてあります。

あと、旅先の衣服の一覧表も作ってあります。特に海外旅行の場合は、衣服で迷うことが多いので非常に便利ですね。

衣服は今、ほとんどユニクロか、アメリカのL.L.Beanです。季節ごとの、色の組み合わせ表も作ってあります。

「この季節は、これとこれとこれの組み合わせ」とかね。

出かける日の朝は、部屋の壁に上着から全部、ぶら下げるんです。雨が急に降ってきたら寒くなるので、用意した上着を取り換える。太陽が出て暖かくなったらまた入れ換える。出かけるまで二度ぐらい取り換えたりしています。

ルール作りの楽しみ

こういう、ルール作りはおもしろいです。

自分のルールを作ってみると、自分のことがよくわかります。ルールを作ることが楽しいし、改定するのが楽しいし、いかに人間は無駄があるかっていうのもよくわかる。

どれだけ少ないもので生きられるかというのが、僕は知恵だと思います。

今頃の旅行者はものすごい大きなキャリーバッグを転がしていますが、中に死体が入っているんじゃないかと思うほどです。外国人はしょうがないと思うんだけど、日本の人でね、国内を旅行するのにこんなに大きいものが必要なのかどうか。「これは便利ですよ、何でも入るんですよ、これ、意外に整理できて便利ですよ」ってお店の人に言われて買っちゃったんでしょう。

ゴロゴロ引っ張るところまではいいけれど、ちょっと不便なところへ行ったら大変です。地方の駅にエスカレーターがあるなんていうのは誤解で、田舎の駅にはないんですよ。ご苦労だろうなあとは思います。

お金との付き合い方を工夫して、お金のことをあまり考えないで生活できるようにするのと同じように、少ないもので生きられるを工夫して、持ち物を減らして軽快に生きたい。

ご自分の「お金を使わないで暮らす術」を工夫しましょう。

「お金を使わないで暮らす術」略称は「ＯＴＫＪ」。「Ｏ」はお金でしょ、使わないで「Ｔ」ね、暮らすは「Ｋ」でしょ、それから「術」は「Ｊ」。「ＯＴＫＪ」国際的な財団みたいでいいでしょう。

自分の「ＯＴＫＪ」をメモして、あるいは手帳にそういうページを作って、「ここでは無料の映画が見られる」「ここでは無料の美術館、展覧会がある」「ここでは画廊があって幾つか回ってもいい」「ここでは無料で休める所がある」とか、そういうのをメモしていくことが大切です。

資本主義はお金を使わせるのが原理です。そこで、「金を使わない」と言って暮らすわけですから、知恵くらべですね。やはりそれなりの準備と工夫が必要です。「ＯＴＫ

J」の知恵として、やはりメモ帳、手帳を作って、自分の情報を蓄積するのが大切です。

お祭りOTKJ

日本はお祭りが非常に多い国です。東京だと一月の「鳥越さん」に始まって、一年中、どこかでお祭りがある。お祭りに行けば、舞台やイベントがあったり、露店も並んでいて、お金を使わない色んな楽しみがある。老人のOTKJにぴったりです。

OTKJの第一歩として、東京に住んでいる方だったら、東京のお祭りのリストを作るといいでしょう。三日間とか、長いところで十日もかけてやるお祭りもありますから、そのうちのどれかに行ければいいのです。お祭りのリストは、僕もずいぶん調べて作りました。実際には、ほとんど行かないわけですが、リスト作りは、世間との縁を保つ効用もあります。

年の瀬の浅草と新宿でやる酉《とり》の市。あれは本当に楽しいし美しい。僕は都心から一時間くらいのところに住んでいますが、ああいう楽しいお祭りには、一泊して行きます。

お祭りは昼間より夜が面白くて、終わったあとがまた面白い。あれは、業者が真夜中に来て、舞台とか櫓《やぐら》とか、朝まできれいに戻しているんです。一夜にして、あの賑わいがすっと消えていく。それが面白い。「もう一つのお祭り」ですね。

それで、朝もう一度行くと、ゴミだけが残っていて山になっている。それで「ああ、お祭りがあったんだな」ってわかる。だから僕は、最終日近くに泊まって、明くる日の朝、もう一度、宴のあとを見て帰宅するのが好きです。

港区の田町でしたか、「だらだら祭り」っていうんです。十日間も、だらだらだらだらやってるのがあります。

それでも、初めのほうはゆっくりしてるんですよ。

やっと祭りらしくなるのは五日目ぐらい。そういうのも変化があっておもしろいです。みんな、その近所の商店なんかが参加しているわけですから、そこの娘さんたちが巫女になったり踊り手になったりしています。

夕方から行って露店でビールを飲んでると、さっきまでピシッとしていた巫女さんが、ジーンズ姿でビールを飲んだりしている。そういう光景もおもしろいものです。

東京に限らず、ある程度大きな都市の場合の楽しみとして、そういうＯＴＫＪがたくさんある。一泊すればお金がいりますけど、惜しいようなら終電で帰ればいい。ＯＴＫＪはたんなる節約とはちがいます。ほんのちょっとした出費で非常に贅沢な催しに立ち会えるのも、楽しみの一つです。

初期投資

一見矛盾をしているようですが、お金を使わないためには、初めにお金を使ったほうがいい。お金を使わないためにお金を使う。例えば、僕の愛用のリュックは別に威張るわけじゃないけど、「ハートマン」というアメリカの有名な旅行かばんのメーカーのものので、古いのは三十年、新しいのでも二十年ぐらい使っています。

一つ黒色を買って、つぎに同じ型でもう一つ買って、さらにベージュ色を買いたしました。

靴も大切ですから、自分の好みの頑丈なドイツ製が多いです。それからジャケットなんかも、今はもう体型がよく変わるからユニクロで間に合わしてますけど、初めは良いのを買いましたね、ジル・サンダーなんて。それは二十年は優に着ました。

高価でもちゃんとしたものは長いこと使えますから、考えれば安いものです。

初めに投資しておいたほうが大切にするし、いったん買ったら、他のお店の他の商品はぜんぜん気にならない。だから、お金を使わないために、最初に、お金を使っておけばいいんじゃないかと思います。

ハートマンの同じリュックの三つ目は、「ハートマンがこのタイプのものを生産しなくなる」って聞いたから、走り回って手に入れたわけです。

一番最初の黒いリュックは、「ブラック君」と呼んで、地元用としてまだ使っています。次に買った黒は、ドイツ語で「シュヴァルツ（黒）君」です。走り回って買ったベージュ色は「ブラウン君」と呼んでいる。

「さあ、ブラウン、出番だぞ」

一番の古手は地元兼散歩用、二番目のシュヴァルツ君は人と会う時とか、近いところの旅行用、三つ目のブラウン君は遠方・海外旅行用、役割分担をさせています。そういったことも、ＯＴＫＪ作戦の一部です。家の人は、いつも僕が「財布を点検してる」なんていうのは知らないんじゃないかと思います。自分だけのルールでいいのです。

ぼくはすごいトシヨリなので昔のことをよく覚えている。小学のときの理科の先生は殴りグセがあった。男前の若い人で、授業のはじめに誰かを立たせ、叱りつけ、それから頬ぺたを張りとばした。

殴られ役はきまっていて、コニシ君とキシダ君だった。二人とも家が貧しく、よく忘れ物をした。勉強はダメだったが、コニシ君は工作がうまかった。キシダ君は鉄棒の名人

だった。男前の若い人は、本当は弱虫だ
とぼくは思った。そして理科が嫌いになった。
理科の先生
弱虫の手
キシダ君
コニシ君
よくいじめたノラ猫
池内紀
ひろったタバコを
すった人（だれだろう?）
やさしい女の子
スミコさん

第5章
老いと病

老いてからの病

病というのは、どの年齢でもあり得ることですが、老いにとっての病はそのまま死に直結するので、非常に切実です。

現在の老いの問題は、人間の長生きしたいという夢が実現したわけではなく、医学の進歩や、衛生状態が格段に良くなったこと、その他の理由で、否応なく長寿に恵まれてしまったことにある。

必ずしも長生きが喜ばしいとか、めでたいという状況ではなく、むしろ、非常に長命なお陰で、家族も当人も苦しんでいるケースが、表沙汰にしにくいですけれど、どっさりあるわけです。

そういう中、老いてからの病をどう考えればいいか。

若い頃、あるいは中年の、家族にとって一番必要とされている時期は、病はまず撃退して治したい、治すものとして全力を挙げます。

それに対して、老いて病が来る場合、治すこと、治ることを、願わないということもあります。訪れた病が、痛みを伴わないまま死まで続けば、それは非常に自分にとってはありがたいという、むしろ病が救いになるようなケースもある。若い時とは違って、ヴァリエーションが増えるわけです。

老いてから現れる病の兆候はいろいろあるわけですけれど、例えば、癌を始めとして、現代医学でもなかなか太刀打ちできない病気が、老いの場合にも当然出てきます。

その時、それに対する処置の問題を、あらかじめ自分で決めておく必要がある。

はじめに、「大きい病気になったらどうするか」ということについて自分と取り決めをして、家族や連れあいがいれば、全員で取り決めをする。もう一つは、医者との取り決め。三者と取り決めをしておけば、どんな病にも対処できるというのが、僕の考えです。

その場合、治すこと、癒えることを願わない。自分にとってそれが、現代医学のあれこれ手を尽くしても結果はさほど変わらないという場合、「治療をしない」ということを自分に言い聞かせる。「治療をしない」という選択は、自分との取り決めの中では非常に大きい決定になります。

病をきっかけに

自分と取り決めをする場合、厄介なのは、相手が自分だけに妥協しようとすれば、いくらでも妥協できてしまうことです。性格の弱い人は、口実を設けて自分を言いくるめ、取り決めをなかったことにしようとする。

「自分で取り決めたことを破るのは嫌」という人は守りやすいですが、なにか言われると気になって、「変わりそうだな」という性格の弱い人は、自分との取り決めよりも、家族との取り決め、あるいは連れあいとの取り決めをはっきりさせておいて、率直に「自分は性格的にちょっと弱いから、お前、ちゃんと言ってよね」と頼んでおくといい。

「さすがにお父さんだ、自分で決めたことをちゃんとやってくれた！」

性格の弱い人というのは、思いのほか、そういうふうに言われたいものです。

自分の性格と相談しながら、家族や連れ合いとの取り決めを確かなものにしておくといいでしょう。

「医者との取り決め」、これは自分のかかりつけの医者を持っていないと、なかなか実現しません。一番いいのは近所まわりで、ある程度、信頼のおける医者に自分の主治医という形でお世話になって、その中でちょっとした風邪とか、腹痛の治療の際に、「自分がこういう取り決めをしている」「老いの状態での病を自分ではこうしたい」と伝えて、「協力してほしい」と言う。医者にはっきり言うこと。あるいは書いたものを渡して、それを見てもらう。

例えば癌の場合、東京だと非常に腕のいい専門的な医者がいて、「それならあの病院」とか、あるいは「この場合はどういう手術をすればよいか」、そういうことを、医者は絶対に言うはずです。僕の医者も、「治る見込みのある人に治すなとはとても言いにくい」と言います。治療するのが医者の本分ですから。

でも、その場合でも、自分がどんな病で、どういう状態で進行するのか、その結果、最終的にはどういう状態になるのかはっきり説明してもらい、その段階で、治療の中の

「一番単純なもの」を選ぶ。

端的に言えば、痛み止め以外の処置はしない。

今、一番の問題は延命治療です。あれを治療とはとても言えないと思いますが、いったん延命の措置を執ると病院も医者も装置を外せません。

当人も願わないし家族も願わないにもかかわらず、何の意思表示もできないまま、何年も生き続けることになる。

日本の平均寿命を延ばしている理由の一つには、そういう人たちが非常に多いことがあります。しかも、それは病院にとっての大きな収入源になっている。

果たして、延命治療をしてまで自分がこれ以上生きたいかどうか、常に自分に問いかけることは重要です。

生まれてきたのは自分の意思ではありません。死ぬのも自殺以外は、自分の意思ではない。自分の人生が、自分の意思で生まれてきたのでないのなら、最期に自分の意思を働かせて結末をつけるのは、非常に意味のあることだと思います。

意思を示す

延命治療をしないと決めたら、自分の主治医にそれを伝えて、大病院に運ばれた場合でも意思を伝えてもらうようにします。

もっと確実な方法もあって、日本尊厳死協会という協会に入会する。会員証は自分の意思を公的に届け出たという証明ですから、それをいつも身に着けておきます。尊厳死協会は年ごとに存在感を増していて、今では会員証を見せれば、病院側も患者の希望する形の処置をするっていうふうに、ほとんどなりつつあるようです。

月々送ってくる会報には、「母が入会していて、そのお陰で余計な治療をしないで母は満足して死にました」といった体験談がたくさん載っています。

僕は家の人と二人で、だいぶ前に入ったんですけど、「ちゃんとあなた、書いておいてくださいよ」なんて言われて、「いざ自分が死にかけたらこうしてほしい」と書いたものを用意しています。

自分の死を視野に入れる時、昔のように念仏を唱えるのも悪くないですが、今は念仏よりも自分のメッセージを伝えておく、そのほうが重要でしょうね。

とはいえ厄介なのは、本人も家族もそのつもりでも、駆けつけた親戚の人が強硬に反対して、「そんな薄情なことをするなんて」と言い出すケースがあるようです。

だいたい何もしない人に限って立派なことを言う。

そのお陰で、一番世話で苦労している人が割を食う。だから、余計な人の意見を入れないためにも、尊厳死協会会員証のような客観的なものを見せればいいんじゃないかと、僕は思います。

精密検査

「こうすれば治る」ということがはっきりわかっていれば、年齢にかかわらず、こだわりなく治せばいいんです。

でも、老いてからの病は、一つの病を治せば全快するというケースが非常に少ない。一つ出てくれれば、それは他の潜在的な病の前兆であって、一つ治すと次が出て、それを治しても、また次々と出てくる。

六十年も七十年も八十年も使ってきた人体なんて、至る所に故障があるのが当然で、調べれば必ず何か出ます。そうやって、治療を始めると際限なく治療が続いて、結局、医者に通ったまま、入院した状態で亡くなるということにもなる。

僕はもう十年以上、検査は受けていません。血液検査だけはやってますけど、いわゆる大病院の、至れり尽くせりの、あらゆるものを検査するようなものは、もう必要ないかなっていう判断です。

検査を受けると、絶対に何か出る。出て、それを治療にかかると、また出る。で、また出る。そうしているうちに、生きてるんじゃなくて、病院と付き合いながら単に生かされていることになっていきます。

同じ年齢のカメラマンで、もう本当に病院へ行ったり検査を受けたりすることが好きな人がいて、みんなに「検査結果、どうだった？　どうだった？」って聞いて回ったり、

「これが出たから」って落ち込んでみたり、こっちが「検査すれば出るに決まってるよ」なんて、慰めたりしていたら、認知症になっちゃった。

「カメラを持って動けているんだから、検査なんかしなくていいじゃない」って、何度も言っていたんですけどね。

検査にあまりに左右されるのは、医学を誤解しているからです。それから、「何のために生きているのか」という、それを考えることをしていないからでしょう。

医者を崇めるな

日本では医者が一種の特殊階級になっていて、医者、あるいは医学を、みんなやたらに尊重します。

「診てもらって、治療してもらって、お薬をいただいて」、つねに敬語や丁寧語がついています。経済行為ですから、病院に行って診察を受けて、お金を出して薬を買っているんです。にもかかわらず敬語なんか使って医者を別格に扱う。医者と患者が強者と弱者の関係になっている。

病気になると嫌なのは、医者や医学の専制に苦しむことになるからです。すべてが、医者と医学が優先されるシステムになっていたり、昔より改善されたとは思いますけれど、やっぱり、患者ではなく医者、医学本位になっています。

医者を崇めないでなるだけ世話にならないのが一番ですが、世話になるとしても、こちらの意向に合うような医者の使い方をすればいい。お金もそれなりに払うんですから。

薬についても、今では少しは説明するようになって、説明書も付くようになりましたけど、「どうしてこんなに飲まなきゃいけないの」っていうことはあります。

別に、猜疑心を持って医者を見る必要もないけれど、普通の人間と対話をするような形で付き合ったり対応すればいい。病気ではなく、医者や医学に苦しむのは、逆さまです。

恵みの病

この年になるまで僕は、高血圧くらいで病はほとんど知りません。ただ、近親や兄弟はみんな非常に早死にをしていて、父は四十三、母は五十三、じいさんは長生きしたと思っていたけど六十二。母親も祖父も癌だったから、僕も癌の要素は持ってるはずです。

母親は五十三で癌で死にましたけれど、放射線療法をして、薬餌療法をして、ずっと治療、治療でした。その中で、ほんのひとときだけ、雲が晴れてちらっと太陽が出たように、良くなる時期があるんですね。でも、ひと月もしないうちに再発して、そのまま逝ってしまった。

僕はイタリア文学者の須賀敦子さんと親しかったのですが、須賀さんが一時、入院先から外へ、書評会議なんかにお出になっていてね。「だいぶ良くなったんですよ」って仰ってたんだけど、いつ再発をするのかっていうことだけを、僕は気にしていました。

それで、確かふた月ぐらいで再発して、もうその段階ではダメです。敬愛していたドイツ文学者の種村季弘《すえひろ》さんもそうでした。

僕にはその、最後のつかの間にお会いした人が、たくさんいます。それだけ印象深く記憶しています。

ご本人は、「つかの間だ」という意識と同時に、「治るかもしれない」っていう、病人独特の心理があって、だから、「再発」を言われると気持ちが折れて急激に弱る、そういうこともあるんでしょう。

ただ、そういう時期があるから、自分の身のまわりの整理もしやすい。病の発見から三日後に死去とか、脳溢血とか心臓発作のように瞬間ではなく、非常にゆるやかですから。その間に自分と取り決めしたことを実践できるわけです。

家族にもきちっと言い残しができる。そういう意味では、老いてからの癌というのは恵みの病だと僕は思います。

僕の友人は、検査をしたら癌が見つかって、「これは大変だ」って、何をしたかというと、密かに持っていたエロチックな写真を処分しました。毎日出勤する時に、少しずつ持ち出しては駅で捨てていたそうです。

でも、それが誤診だったというんです。笑えない喜劇ですね。

僕はそういうもの、大手を振って残せばいいと思います。

「あのお父さんだって、こういうのが好きだったんだ。可愛いね」って言われるのがいいんだから。

せこいことしなくていいんじゃないって、言ってやりました。

共生の思想

枝が折れ、幹もコブだらけ、あちこちにうろが出来ているような森の古木も、春先になると、どこかに新芽が出て花が咲きます。そんな「ああ、やっぱり生きていたのか」という時期が何年か続いて、そののちに年老いた木はどさっと倒れます。

大きな枝を茂らせていた大木が倒れると、太陽がさんさんと照る空き地が現れて、若いのがいっせいに出てくる。それは面白い光景です。

会社でも、ずっと威張っていたワンマン会長がいなくなると、いっせいに才能ある若い人が出てきたりする。人間社会も自然も同じです。

死というのは恵みであり、古いものが新しいものと入れ替わる非常に大切な季節の変わり目のようなもの。

きちんと手続きを踏んで、病気を客観的に判断して、自分との関わりを作っていく。前にちょっとお話ししましたけれど、自分の体を誰よりも知っているのは自分です。どんな医者よりも、その教材を持っている当人が一番よく知ってる。

余計な情報を入れないで、かかりつけの町医者で十分ですから、自分の病気の進行状態をきちっと聞いて、そこから判断していけばいいんです。

医療制度とか、医者が近くにいないとか、自分の力ではどうにもならないことはたくさんありますが、町医者のいる小さな病院と、いろんな設備を整えた大きな病院との使い分けをすることでしょうね。

初めから大病院しか信用しないような人もいますが、何時間も待って、診察が二、三分では頼りにならない。ああいうところの医者は色んな病院を回っていて、その時間に来てるだけで、本来の意味での主治医になり得ません。

自分の町医者を見つけましょう。ある程度、年配の人がいい。ヤブなんて言われる人が案外いいです。熱心に話を聞いてくれますから。

第6章
自立のすすめ

テレビから自立

最近、自立していない老年が非常に多い気がします。朝から図書館にきて、イビキをかいて寝ていたり、公園のベンチで昼間からビールを飲んでいたり、奥さんに嫌がられながらくっついて回ったり。自立というと普通は、十代の若者向けのテーマなのでしょうが、老年者に自立をすすめたいのは、目にあまるからです。

自立のすすめとして、はじめに提案したいのは、「テレビと手を切りましょう」ということ。

一度、一方的に流されてくる情報を遮断《しゃだん》してみる。自分が本当に興味があるものは、遮断しないとわかりません。テレビの持つあの非常に安っぽい情報、安っぽい娯楽、安っぽい教養、そういうものは一度、拒否してみていいんじゃないか。

それから、元同僚、元同窓といった、「元」が付く人たちとの縁も遮断する。懐かしいとは思うけれど、昔話からは何も始まらない。いったん、過去に見切りをつけることです。

夫婦も長年寄り添って生きてきましたが、老いの段階では、性差もあって体力的にも違ってきます。過去の蓄積もちがいますし、寄りかかることはやめて、自分のことは自分で間に合わせるようにしましょう。

家族から自立

夫婦で出かける時は、同じ時間に同じバスに乗って駅を出るとか、そんなのはもうやめて、目的地だけを決めて別個に出発しましょう。

第一、夫婦で出かけるとなると、バス停まで行って、「あ、オレ、二階のカギをかけたっけ？」なんて、お父さんが言い出して、お母さんが「あなた、確かめてなかったの？」となって、けんかになります。「何やってるんだ、間に合わないよ」とか、いつまでもぐずぐずしている夫婦は多いんじゃないでしょうか。

別個に出かけることにすれば、「戸締まりは、じゃ、お前の担当だ」って決めて、あとは任せてしまえばいい。空き巣泥棒なんて、滅多に入りませんよ。

食事についても、もう三度も食べようと思わないで、日に二度にしてしまえばいい。年を取るとあんまりお腹が空かなくなるわけですから。

これで、お母さんの手は一度、省けます。それから、二度のうちの一度は自分で作ることにする。これも自立の方法です。

日常生活では、食事は一番の仕事ですから、主婦という形の義務は一日一度にして、あとの一度はそれぞれが工夫すればいい。お腹の空く時間も違うでしょうし。

ご飯とお味噌汁なんていうのは惰性の組み合わせですから、何に変えたって構いません。

人体というのは非常に融通《ゆうずう》が利くもので、昨日までご飯とお味噌汁に限ると思っていたのに、パンとスープになったところで、何ら変わりはない。

片付けも自分でするわけですから。洗いものの出ない簡単なものにする。

ドイツで一人暮らしをしていた時、食事はいつも薄い板一枚で済ませていました。ドイツの夕食は軽くて、冷たい料理がメインです。板の上でパンをすーっと切って、ハムとサラダをのせるだけ。板一枚で済んじゃう。別にお皿でもいいんですけれど、食事なんて、工夫をすればいくらでも簡単になります。

家の飲み物担当は僕が請け負っています。アルコール類の備蓄状況を常に見て、減りそうだったら補充する役目です。

年寄り同士で愚痴った話なんかするより、自立した夫婦っていうふうにすれば面白いものです。老いては家族からの自立も必要になるわけです。

気まずい夫婦旅行

「退職後の夫婦旅行」を楽しみにしているお父さんは多いようです。でも、お母さんは本当は友達と旅行がしたい。そんな現実を、お父さんたちは知っておいたほうがいいでしょう。

以前、ある公共の宿に取材で泊まったのですが、食堂に入った途端、「ここ、介護施設かな？」と思いました。広い食堂いっぱいに、年を取った夫婦が並んで座っていて、シーンとしているわけです。どの夫婦も、ただ、黙々と食べている。

ひと組だけ華やかなのがいて、「あれは、ワケありだよ」って僕はピンときた。他人だからあんなに華やいでいるわけで、あとはみんな夫婦。「ワケありがこんなとこに来るなよなあ」と思いましたね。「わあ、エビが動いている」なんて話していて、夫婦の客にとっては、エビが動いたって話題にもならない。

せっかくの老後の旅ですけれど、夫婦の旅行は家庭が移動しているだけなので、話題が乏しいのです。夫婦なんてもともとそういうものです。その上で、夕食時の話題を作るために、旅の出発時間を変えるという工夫が必要になります。

「夕方の何時頃までに宿に入る」ということだけ決めておいて別々のルートで出発すれば、お互い途中でいろいろな出来事があるでしょうから、夕食の話題になります。特に、年配の女性にとっては一人旅の機会は滅多にないから、新鮮な体験もできるはずです。

「途中でバスに乗ろうと待っていたら車で来た人が『乗っけていってあげるよ』なんて

言うから、乗っけてきてもらったのよ」

「おい、そんなうかつなことをしちゃダメじゃないか」

旅館の夕食の時、そんな話をしている夫婦がいて、お父さんの心配は杞憂だよなあなんて思いながら聞いていました。やっぱり、夫婦旅行は別々に出発したほうがいい。

もう寄っかかり合わないで、それぞれが自立した形で行動して生きる。夫婦とはいえ、新しい関係を作りなおす必要があると思う。惰性ではなくて共生、「自立した共生」という夫婦で晩年を過ごすのはどうでしょうか。

オーナー気取りで

自分が自立するにあたっては、やはり知恵と工夫が必要です。

まずはじめに、一日のスケジュールを作る。それから、一週間のスケジュールと、ひと月のスケジュール。次に春夏秋冬、季節ごとのスケジュール。四通り併用していくのはどうでしょうか。映画なんかは当日や一週間のもの、お祭りは季節のものに書き入れます。

全部に同じスケジュールを書き込む必要はありません。季節に入れているけれど、月間にないものもあるし、月間に入れたものが、週の中には書いていないとか。いつも四つ一緒に見るわけだから、思いついた時、どれかに書き込んでおけばいい。実際に、実現するのは、せいぜい書き込んだものの何分の一ってところですが、それでいいのです。「あの映画へ行こう」と思っていても、億劫になって結局行かなかったりするものです。ただ億劫がって出歩かなくなると急速に老いてしまいますから、スケジュールを作るというのは、自分を常に移動させる方法、自立の一つの方法だと僕は考えます。

あと、出かけたついでに喫茶店に寄ってみる。そういう時のために、「自分の喫茶店」を持っているといい。同じように、「自分の居酒屋」「自分のそば屋」も自立には必要でしょう。

ようするに、自分のそば屋と思っておけばいいということ。「自分が経営者に経営させてるんだ。オーナーが見回りに来た」というふうに思えばいいわけです。

ホテルもそうで、「自分の別荘だ」と思っておけばいい。あそこに全部、執事も料理人も小間使いも全部備えていて、たまに「どうだ、やってるか」なんて抜き打ち訪問をして、あとは他人に使わせてやっていると思えばいい。僕はそういう主義ですから、もう日本中に別荘があるわけです。

ただ、自分で決めたら、最低半年に一回か、一年に一回は行ってやることです。それくらいは必要です。三年も放ったらかしておいてはいけない。一番の贔屓《ひいき》は季節に一回、毎月行きたいけれど、値段が高いという事情もあるでしょう。

自分で工夫をして知恵を出して自立する。いろんな案を実行していくことです。一番難しいのは、家庭からの自立、夫婦からの自立かもしれません。あるいは、メディアからの自立、過去からの自立。どれが難しいかは人によって違うでしょう。いずれにしても、これまでの自分を形作ってきた何やかやから手を切ることから始まります。

ぼくはすごいトシヨリなので昔のことをよく覚えている。小学五年のときのクラス担任はイセダ先生だった。授業中に言いまちがうと、背中をまっすぐにして「モトへ！」と言った。

大人になってから知ったのだが、軍隊で下っぱが上官に報告するとき、言いまちがうと、そんなふうに言い直した。イセダ先生は教え方はへただったが、黒板の字は上手だ

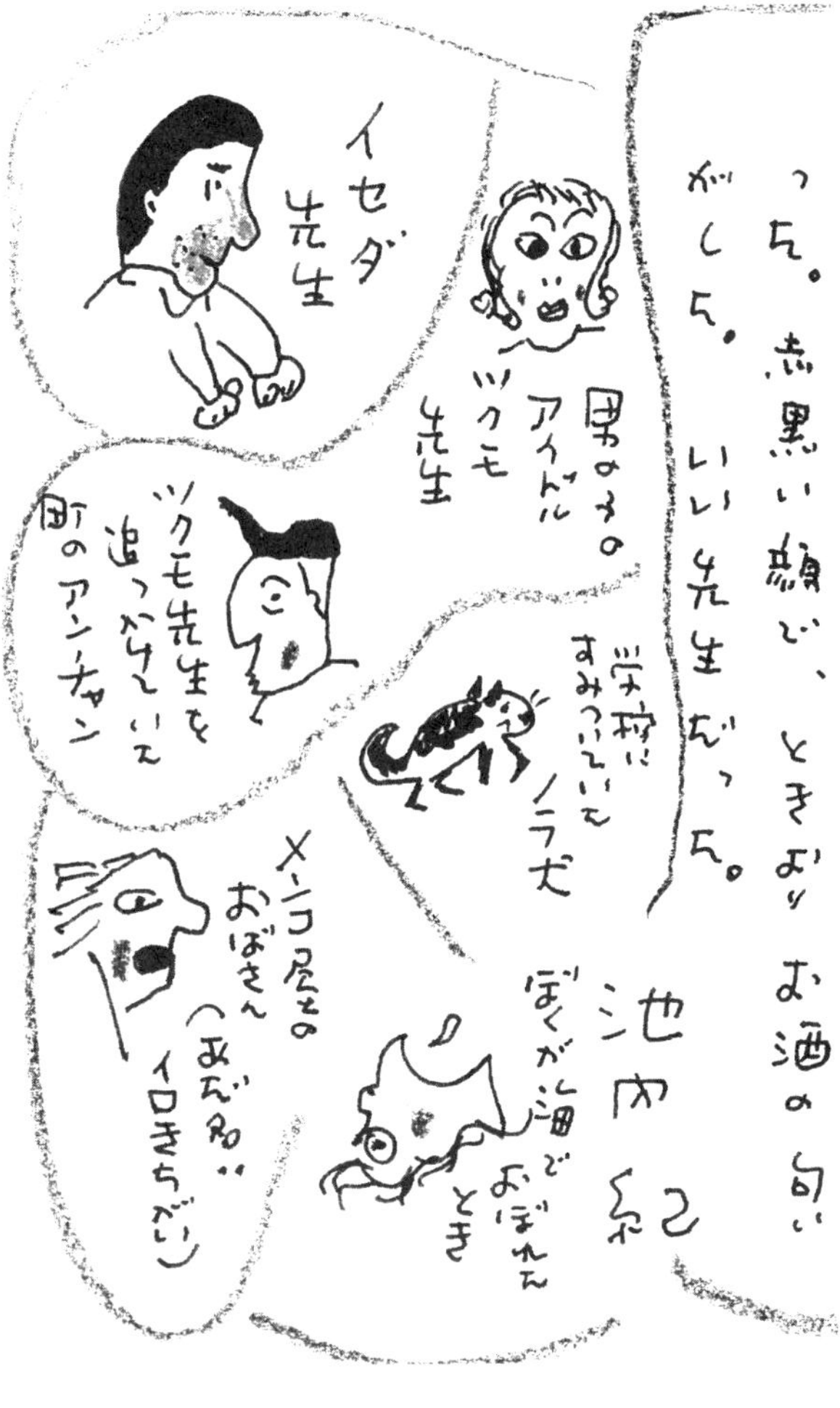
っち。赤黒い顔で、ときおりお酒の匂いがした。いい先生だった。
池内紀
ぼくが海でおぼれたとき
男の子のアイドル
ツクモ先生
学校にすみついていた
ノラ犬
イセダ先生
ツクモ先生を追っかけていた町のアンチャン
メンコ屋さの
おばさん
（あだ名‥
イロきちがい）

第7章
老いの楽しみ

おしゃれの楽しみ

年を取ると当然、シミができたり、シワが寄ったり、見てくれが悪くなります。老化はそういう仕組みなんだからしょうがない。だから、ちょっとおしゃれをしてみましょう。

体というのは老化をすればどうしても惨めになりますから、衣服という第二の皮膚でカバーするわけです。

昔は年寄りがおしゃれをすると、「年甲斐もなくあんなハデな服を着て」とか悪口を言われたりしたものですけれど、さすがに時代が違います。

若い頃、僕がヨーロッパで暮らしていた時に一番感心したのは、年寄りが外出する時にはピシッと衣服を着替えて、きちんとした恰好《かっこう》でいることでした。買い物にしても、散歩をするにしても、お年寄りが、みんなきちっと外出の格好をしている。とても印象的でした。

もう亡くなってしまいましたが、服飾デザイナーの川本恵子さん、僕、その人の本をよく読んでいました。

川本さんの仰っていることで、よく覚えているのは、「年を取ったら赤いものを、なるだけ赤い明るいものを着ましょう」、それから、「本当のおしゃれというのは、郵便局へ行くにも着替えをする人」という一文です。

いい言葉だナと思ったので、いつも実行しています。近くのコンビニに行く時も、郵便局に行く時も、一応、着替えをして出かけます。

よく日常着をそのまま、言っちゃ悪いけれど寝間着のような、よれよれのトレパン姿で外出しているお年寄りがいます。若い人ならまだ、それなりにスタイルがあるけれど、年寄りがそんな日常着で人の前に出てくるのは惨めなものです。

そういう時、僕はすぐに川本恵子さんを思い出して、とにかく、大儀がらずに着替えをする。怠《おこた》り出したら本当に年寄り臭い人間になるからって、自分に言い聞かして、着替えてから外出します。

「ついそこまでなんだから」と思えば、確かに面倒くさい。しかし、そこで隙をこしらえたら、もうとめどないですから。どんな近場に行くにしても、着替えをするっていうおしゃれをしたいですね。

衣服の色は、灰色とか茶色のくすんだ色じゃなくて、明るい赤系統を選びます。

Tシャツなんか、僕はイタリアの安物の色違いを1ダース買ったことがあります。生地はいい加減ですが、色が非常にいい。イタリアのユニクロみたいな店ですけど、ほんとうに安い。ジャケットは、初期投資として、はじめはイギリスの仕立てのいいものを買って、二十年くらい着ました。

最近は、アメリカのL.L.Beanの服を愛用していて、あれはもともとアウトドアの店ですから、作りがわりとゆったりとしてるんですよね。

L.L.Beanの日本の店は、中高年も狙ってる感じがしていて、だから、年寄りにも非常に親切です。平日の午前中なんて誰もお客さんいませんから、お店に行って、「たぶん買わないと思いますけど、知りたいから」なんて言って、「今、どういうのが、流行っていますか」とか、「いまの服の上に着るんだったら、どういうのがいいですか」とか聞くと、いろいろアドバイスをしてくれます。こういう、自分の足で調べたりするのもおしゃれの楽しみでしょう。

見られない楽しみ

季節が変わったら、着ていたものを全部、クリーニングに出すことは大切です。これは非常に怠りやすい。とくに冬物。しかも、冬物のクリーニングはけっこう高いですから、数回しか着なかったからといって、ずっと吊しておいて次の冬に着ると、独特の臭いがします。

「一回でも着たらクリーニングに出す」というのは鉄則にしないといけません。

あの臭いは自分ではわからないんです。他人は気がついても言いにくい。

僕の親しい人で、奥さんが亡くなったから一人暮らしで、その人には僕、気づいたら言ってあげることにしています。

「ちょっと臭うよ。三度も嗅《か》いだから正しいよ。一回、洗濯に出したほうがいいよ」

「ちょっとうっかりした、池内さんがいつも言ってるのにね」
なんてやりとりしています。人格に関わるうえに、他人は言ってくれないわけですから。

それから、だんだん年と共に衣服が溜まってきますから、これをずうっと部屋に並べて、「これとこれを組み合わせるかな、これとこれを組み合わせるかな」って、コンビネーションを考えるのも楽しいものです。

モデルがヨイヨイだから、コンビネーションなんてしたって意味はないけれど、ちょっとぐらいは変化がつけられます。春夏と、旅先、秋、初冬、冬とか、いくつか組み合わせを考えておいて、季節ごとに入れ換えればいい。こういうの、やっていると楽しいですからね。

一点の隙もなく上から下までピシッと決めるのは、あんまりおしゃれじゃないと思う。あれは詐欺師のコンビネーション。どこか抜けたほうがいいんです。どこか流せるところを作っておけばいい。自分なりのセンスで組み合わせを考える。その辺が自分が楽しむコツというものです。

ちょっとした用足しに出る時でも着替えをする。

季節が変われればクリーニングをする。

コンビネーションを楽しむ。

これを繰り返していると、何となく上手になります。

そのための、いろんなプロセスも楽しいんですね。

年寄りがおしゃれをしていても、誰も何も言いません。本当に、誰の視野にも入っていないのです。誰かにほめてもらおうなんて、それはもう、そんなこと絶対にあり得ない。むしろこれが、一番の楽しさかもしれません。

老いてからのおしゃれは、自分だけの楽しみ。

だから、たまに奥さんにケチをつけられると不愉快だっていう人もいます。そういう場合、「見るに見かねて」だと思うので、意見を聞いたほうがいい。

老いたからこそおしゃれを楽しみましょう。

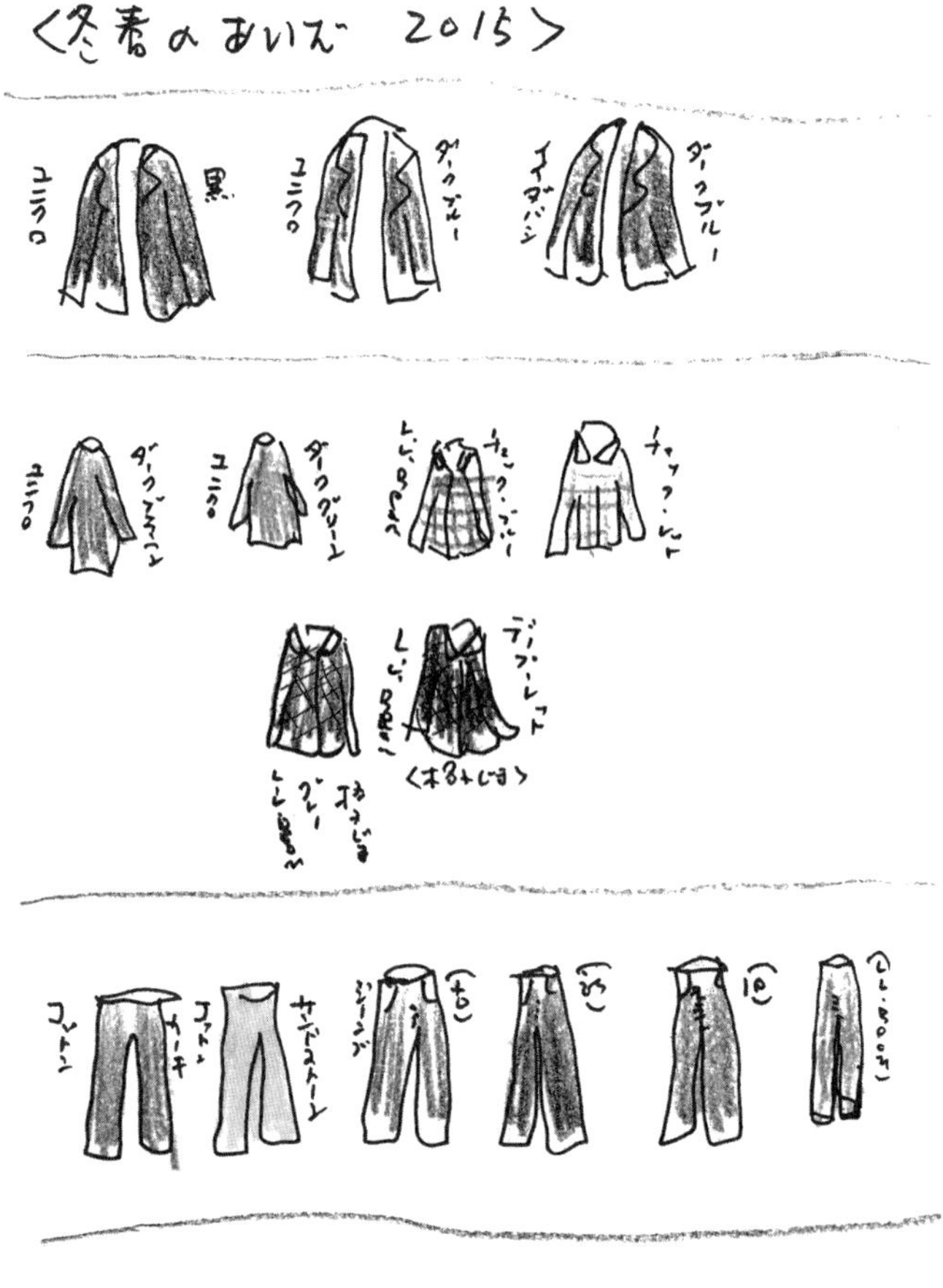

<冬春のおいぶ 2015>
ユニクロ
黒
ユニクロ
ダークブルー
ダークブルー
ユニクロ
ダークグリーン
チェック・ブルー
チェック・レッド
<本8れじ3>
コットン
サンドストーン

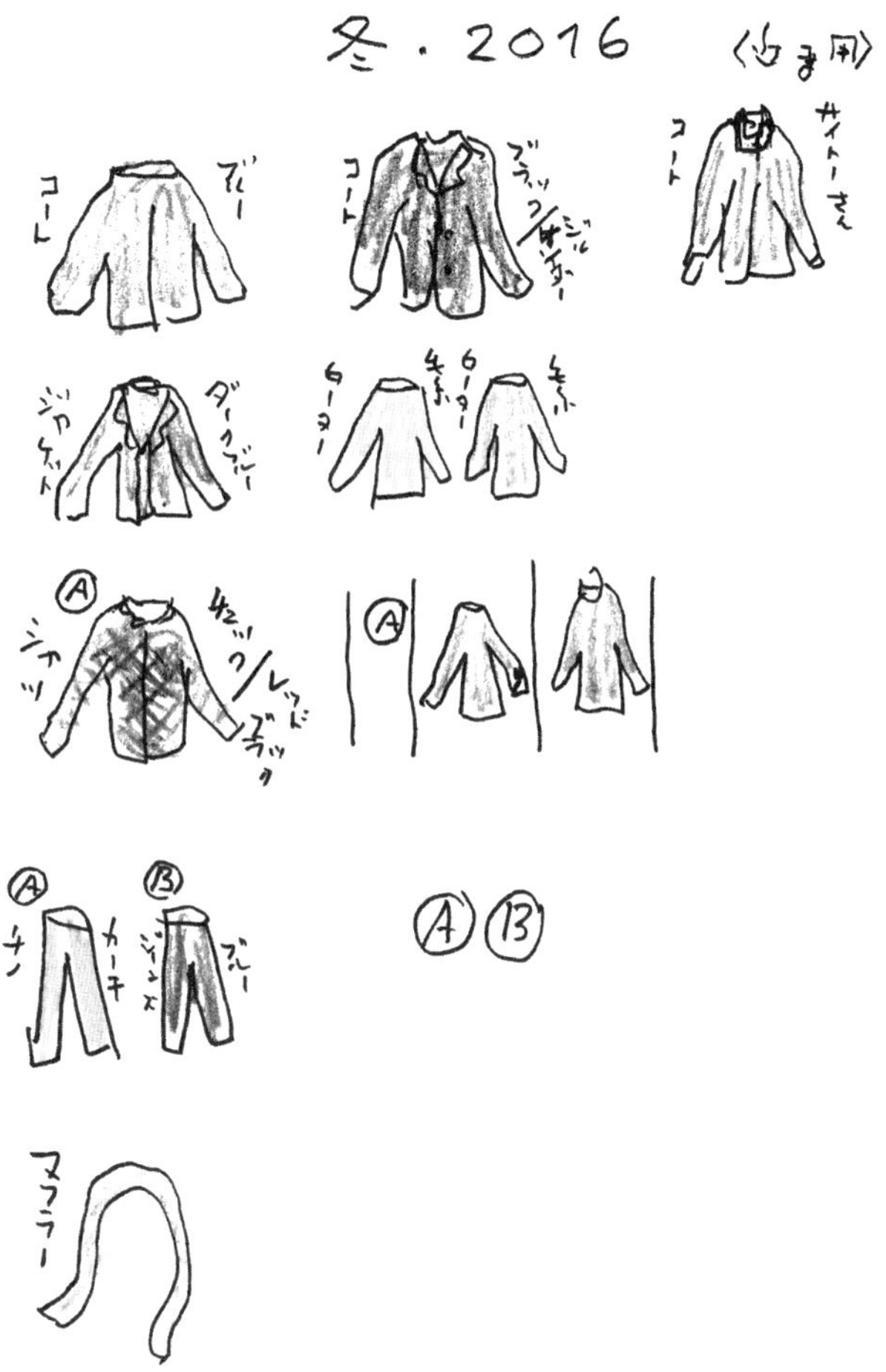
冬・2016
コート
ブルー
コート
サイトーさん
コート
ジャケット
ダークブルー
シャツ
チノ
カーキ
ジーンズ
ブルー
マフラー
Ⓐ
Ⓑ

ワインの楽しみ

食べたり飲んだり、消費に関わるものを自分なりのルールを作って溜め置いておくと、いつの間にか豊かなコレクションが出来上がります。溜めようとして溜めているのではなくて、自然に溜まってくる。消費が生産に変わる。年を取ってくると、こういうことにも楽しみを感じるようになります。

僕はお酒が好きで、日本酒、ウイスキー、いろいろ飲みますが、ワインっていうのは、ラベルがものすごくきれいなんです。ワインレコーダーという、ラベルをはがすシールがあって、それを使って、自分が飲んだワインのラベルをコレクションしています。数えたことはありませんが、三百枚以上になったようです。それを「ワインの楽しみ」というファイルにまとめて、もう五冊あります。

ワインのラベルは端正で精巧なものですから、ビンとの接着面から印刷面まで何層にもなっていて、このシールは表面だけをきれいにはがせるんですね。

ラベルには、「どこで、いつとれて、どこで詰め合わせをして、どういう等級で、どういうテロワール（土壌）で、どういう人が作っていて」という、いろんな情報が書いてあるので、自分が飲んだワインについて、これを見るとおおかたわかります。

コレクションといっても、ラベル集めが目的ではなく、自分が好きで飲んだものの記録なので、ほとんどが安いワインばかりです。でもそれぞれに、蔵の歴史や、作った人の苦労なんかが読み取れるから面白い。

ドイツ語ではロートシルトって言いますが、つまりあの天下の「ロスチャイルド」のマークがあります。ロスチャイルドのマークというのは、ボルドーで最高級のワインで一本が二万円とか三万円する。そんなもの僕は買いませんが、そのセカンドラベルと称したものがあって、三千円ぐらい。そういうものを売ってるんですよ。これはコレクションを始めてから気がついたこと。

「こんなにちゃんとロスチャイルドのマークが入っているのに、なんでこんなに安いんだろうか」なんて思いながら。「セカンドラベル」なんて上手い言い方です。

まずはいいブドウでいいワインを作るでしょう。それ以外の、しわしわで残っちゃったようなブドウで、捨てるのも勿体《もったい》ないからって作るわけです。畑は同じでも、ブドウの二級品でしょうね。そんな具合に、気がついたことは「ワインの楽しみ」にメモをしておく。

暇な時、ラベルの小さな文字を読むと、「どこで瓶詰めされている」といった、詳細な出自もわかります。まれに「ワイン組合生産」なんて、思いがけないことが書いてあって「ああ、ここはこういうシステムでやっているのか」と、一枚のラベルは物語のようです。僕は味にはあまりこだわらないので、そういう発見が楽しい。

ワイン通にこのファイルを見せると、「ええっ、こんな安物を飲んでるの」って言われるでしょうけどね。

ラベルの物語

コレクションをやっていて気づいたんですが、フランスは原発王国でしょう、全電力生産の七割以上を原子力発電でまかなっている。原発のある場所が全部、ワインの生産地なんです。

ワインは痩せ地がいい。痩せて火山性で水持ちが悪い、肥料をやってもすぐ染みてしまって、荒れたままで豊かにならない。そういう荒れ地がワインには適している。川沿いの斜面なんかも、それは川の霧が立ち上って保温するわけです。

ようするに、他に使いようのない土地、そういう所に見渡す限りのブドウ畑と、原発を造っている。仮に福島のような事故があっても、その地方のワインが飲めなくなるだけ。街から離れているし、ワインを作っているだけなので住人も少ない。何かあっても、日本のようにはなりません。

どうしてみんな、そのことを言わないんだろうって思います。

「フランスは八割ちかくも原発でまかなっている」というのは、いつも日本の原発の言い訳に使われますが、その構造がまったく違うんですね。

こういうことも、「あれ、なぜラベルの地名と原発の地名が同じなんだ？」って気づいたから。ボルドーとか、有名な産地はいくつかありますけれど、おおかた、原発の所在地でもあります。

くり返しますが、他に使いようがないっていう、痩せた土地から生まれるのがワインの特徴です。

八〇年代ぐらいからカリフォルニアワインというのが急に現れて、「アメリカ人が造るワインなんか飲めるか！」なんて思ったけど、飲んでみたらうまいんですね。結局、カリフォルニアも土地が痩せていて、川や谷の地形がワインに合っていた。

もともと、地形とワインの関係を知っていたのはイタリア人。アメリカに渡ったイタリア移民が、見事に応用したんですね。

地形的にみて、イタリアは国土のどこでもワインを生産できる。「神の贈りたもうたワインの国」なんて言っていますけどね。

日本もそうなんです。地球上にはワインベルトという、ワインができる地帯があって、イタリアと同じように、日本もすっぽり入っている。ドイツなんか、かなり難しい状況で苦労しているんだけど、イタリアはそんなに苦労しなくてもできる。日本もその点では非常に恵まれています。

福島の事故で避難した川内村では、ワインの生産を始めようということになったそうです。大きなブドウ畑がこれからできるというニュースがありました。もっともっと勉強すれば、そういうことはできると思います。今、ワインは非常に伸びてますからね。コレクションをやると、思いもかけない勉強ができるということです。

でも、あんまり張り切らないで、いい加減なほうがいい。自分ひとりのためにコレクションを楽しめばいいのです。

メリハリをつけて

ワインの収穫の年は重要ですが、ビンテージみたいなものに、僕はあまりこだわりません。でも、等級はいちおう気にします。フランス語で「クリュ」といって、吟醸、大吟醸みたいなものが、ワインにもあるのです。例えばボルドーのメドック地区なら大吟醸は「グラン・クリュ」といって一万円くらいでしょうか。その下は「クリュ・ブルジョワ」で六千円ぐらいが標準のようです。

ワインは最初の一杯が一番おいしい。僕は家で飲む時は、最初はその大吟醸を一杯だけやって、二杯目からは普通のテーブルワインに替えています。

一杯やると鼻がすぐ麻痺するから、そういう状態で飲むのはもったいないんですね。たまに飲むのが本来ですから、最初の一杯だけにしています。グラン・クリュは一杯飲んだら、また栓をして置いておく。でもルールに違反して、三度に一度はすぐ飲んじゃいますね。チリ産も安くて旨いです。

このあいだ、家の近くの、いつもワインを買っている酒屋さんに行ったら、外国のお客さんが来ていて、日本語で「今日はうちの奥さんの誕生日ですからね」「何にしましょうかね」なんてご主人とやりとりしている。ご主人が「シュール・リ」って言ったら、そのお客さん、フランス人だと思うんだけど、嬉しそうな顔をしてね。それを僕、横で聞いていただけですけど、非常に楽しかったです。

「シュール・リ」は製法の名前でちょっと渋い味がします。ロワール地方だけの「ミュスカデ・シュール・リ」という白のコクのある辛口。澱にねかせるのが特徴。

奥さんの誕生日だからといって、高い物じゃなくていいんです。店のご主人がすすめたのも、二千円もしないワインでした。等級にこだわらない、センスのいい選び方もあるわけです。

ドイツの友人の家に遊びに行くと、主人が嬉しそうな顔をして、鼻歌を歌いながら瓶を抱えて出てきます。「今日はお客さんがあるから、これが飲める」って。普段はつましいワインを飲んで、特別な時だけちょっといいのを飲む。生活の中にメリハリをつけるのは楽しいことです。

ワインにはずいぶん投資をしました。ラベルが剝ぎ取られた白地だけが残る不思議な瓶を、どれだけ回収日に出したでしょうか。

せんべいコレクション

食べるほうでは、僕は「せんべい」や「おかき」が大好きで、パッケージや袋の商品名のまわりと、必要があれば裏面のデータ部分を切り抜いて、ワインのラベルと同じようにコレクションしています。

昭和二十年代の貧しい時代に育ったので、おやつなんかろくになくて、せんべいなんて滅多に口にできるものではありませんでした。そんな幼少時の体験があるから、せんべいに対する憧れがずっと変わっていないんです。

おやつといえば、「ポン菓子」というものがありました。

蛇腹《じゃばら》のついた黒い機械と一緒におじさんが空き地に現れて、お米を持っていくと、ちょっとの手間賃で、袋いっぱいのポン菓子にしてくれるのです。

あれは、ドイツ人が発明した「穀類膨張機《ぼうちょう》」という機械で、第一次大戦後、食料難から国民を救うために、大砲を壊して作ったもの。文字通り穀物を膨張させる機械で、わずかな米や小麦の粒がものすごく膨《ふく》らんで、さも量が増えたように見える。すぐお腹がいっぱいになるけれど、実際は同じだから、すぐにまたお腹が減る。ドイツ本国ではあんまりうけなかったようで、それがなぜか日本に入ってきて、子どものおやつとして非常に流行った。あの機械を買った業者が、全国を回っていたんでしょう。膨らむ時にズドーンという音がするから、「ズドーンのおじさん」って呼んでいましたね。

僕がせんべいが好きなもう一つの理由は、作っている人がほとんど個人経営だということです。

せんべい屋というのは、街角にちょこっとあって、丸いガラスの器にせんべいを入れていて、「二、三枚もらっていいですか」なんて注文にも「いいよ」って答えてくれたりします。ご主人が出てきたり、女将さんが出てきたりして、家族で切り盛りしている。「今度ちょっとちがったのをやってみるかな」なんて、せんべい屋が新製品を作る時も、会議なんかしないで、「お父さん、やってみたら」で済んでしまう。それで焼いてみて、近所の人に食べてもらって、「いけるんじゃないか」ということになったらすぐに売り出せる。職人芸がいまだに生きてる世界だから、僕はせんべいが好きなんです。

僕がよく行く、老人夫婦がずっと昔からやっているせんべい屋があって、たくさん種類があるんです。僕はほとんど食べていますが、ある時、「これ、ちょっと味が変だな」っていうのがあって、ゴボウ入りだというんです。さすがにあんまりうまくなかった。

とにかくいろんな種類があります。せんべいは、小さい時の記憶があるのと、いろんな職人芸が楽しめるのと、それからごく身近な食べ物ですね。ワサビとか柚子とか、ゴボウとか、カレーとか、パクチーなんていうのもあって、非常に古いお菓子なのに、いつも新しいものが出てくるので面白いです。

せんべいの管理

せんべいを買ってくると、僕はまず、袋から中身を出して金属の缶に移します。缶に移すことで、自分の秩序を作る。缶の形、大きさは違っていても構いません。いつも六個の缶、六種類を並べておいて、食べる時に、種類を組み合わせられるようにしてあります。

僕にとってせんべいは、自分の時間を区切る大切なものです。

例えば、仕事をしようとする時に、最初にせんべいを食べると仕事をしたくなくなるので、「これが終わったら食べよう」と決めておく。二時間ぐらい仕事をしてから「第一次せんべい」の時間にします。

それからまた三時間くらい経ったら、「おかきは、あれとあれかな」とかやって、「第二次せんべい」の時間。どんな組み合わせでせんべいを食べようと、自分の領分ですから非常に自由な気持ちになれます。

せんべいのパッケージを集めるというのは、ワインのラベルと同様、食べて消費したあとが、また別の生産になっていく面白さがあります。

日本にはせんべい文化や、おかき文化が非常に昔からあることがよくわかる。たぶん江戸時代からずっとあったんでしょう。庶民の楽しみですよね。

僕はスーパーでせんべいを買うことが多いですが、スーパーには庶民的なスーパー、中くらいのスーパー、百貨店がやっているような高級スーパーとか、いろいろあるわけです。すると、全部、「せんべいが違う」んですね。お客さんの生活のレベルによって、せんべいが違う。店員さん、よくそれを知っていて、「このせんべいは、ちょっとうちの店には合わないな」とやっているんでしょう。せんべいにも格差があるということは、コレクションしていなければ気がつかなかったことです。

ホテルコレクション

もう一つだけ、コレクション。

僕は旅行が好きで、自分の泊まったホテルは日本の北から南までファイルにしてあります。ホテルといっても、いわゆるビジネスホテル。安いところが大半ですが、ホテルのコレクションを作っておくと、「ここに行くんだったら、このホテル」「あのホテルだったら三階の345号室」、そんなことがわかるようになる。

行ってよかった、二度三度行ってもよかったというホテルは日本地図に書き込んで、「コンビニが近くて便利」とか、駅に近い、使い勝手がいい、下に居酒屋あり、気づいたことはパンフレットにメモをしてファイルに加える。

コレクションをしてわかってきたのは、老舗とか、大手チェーン、外資系とか、一切関係なく、「いつ出来たか。いつリニューアルしたか」が一番の条件ということ。

ホテルというのは、一つの部屋に人間の生活する条件を全部コンパクトに入れる、技術の集積地です。二十年前の技術と現在とでは雲泥《うんでい》の差があって、どんな名門ホテルでもぜんぜんリニューアルをしていなければ二十年前と同じです。

無名でも新しいホテルのほうが快適なんですね。

それも、二百も三百も部屋があるのは敬遠して、部屋数が百室に満たない小ぶりなホテルがいい。八〇室ぐらいが限度でしょうね。そこにはきっと居酒屋やレストランも入っていて、だいたいそこが朝食の会場になります。その程度の部屋数の、その程度の客に対応するような小さな店ですから悪くないはずで、外へ食べに行かなくてもいい。

一人で泊まるには、新しくて小ぶりなホテルが一番です。「いつ出来たか。いつリニューアルしたか」を基準にすると、間違いがないと思います。

第8章
日常を再生する

老年オリンピック

リタイアした後、長い人生に恵まれれば恵まれるほど、非常に単調な日常が続きます。どうしても、だんだん大儀になって億劫になって怠惰になって、感性や興味が眠りかける、そういう状態が始まります。惰性になりがちな日常を再生するために、自分に対して、新しいものをいろいろ仕掛けてみるのが大切なんじゃないかと僕は思います。

十年、二十年、老後の日常をどういうふうに考えたらいいのだろうって、僕なりの結論は、四年ぐらいを単位に、何かを始めてみることでした。医学的に見ても、人間の細胞は四年ごとに生まれて死んで、常に細胞が再生しています。老いと共に再生の鮮度は鈍りますが、四年ぐらいすると全身が一巡して、四年前の細胞がなくなって、新しい人間が誕生している。

オリンピックが四年というのは、どうして決まったのか知らないけれど、あれは人間の一つの周期です。旧が新になる過程、あるいは新が旧になる過程が、ちょうど四年単位ぐらい。だから、四年をメドにして、自分に仕掛けをする。何かを自分に試してみる。そういう技、小さなマジックを仕掛けてみたらどうだろうというのが、自分に課したことでした。

僕は五十五で職から退いたので、その点では早かった。その後の、二十年ぐらい振返ってみると、確かに四年、あるいは四年を倍にして八年ぐらいの単位で、いろんなことをやっていました。

一つのサンプルとしてお話しすると、一番最初は、美大の受験生が通う絵の学校、いわゆる美術学校です。

近所の小さな塾ですけれど、一般の人も入れるらしい、授業料も安いと聞いたので、週に一度通ってデッサンを始めました。午後一時から五時まで、四時間ぐらいデッサンをする。それを四年続けました。受験生は上手いですから別の部屋でやって、下手くそな一般の人は、一般クラスでやっている。僕は行かなかったけれど、夏休みは特別にヌードの講座なんかもありました。

基本だけ習えばいいって思っていたから、上達は考えないで、一番単純な石膏デッサンとか、そういうものをずっとやってましたね。

その後、自分の本に挿絵を描いたり、イラストを付けたりするとか、そういう時、デッサンを習ったことは非常に役に立ちました。役に立てようなんて考えていなくて、たまたま近くに学校があったから始めたことです。最初にあれこれ考えないのが、新しいことを始めるコツかもしれません。

将棋の世界

デッサンと同じ頃にやっていたのはギターです。スペインギターをポロンポロンと、独習本で基本をやって、それから何度も何度も繰り返しの練習をしましたが、これはぜんぜんものになりませんでした。それでも、オリンピック二回分くらいは続けたでしょうか。安物のギターを買って、それなりに弾けていたつもりだったんですけどね。

それから、次に始めたのが将棋です。

僕は将棋の実践は下手ですけど、将棋指しの世界、将棋の世界はわりと好きだったんです。始めたのは、自分が将棋を指すのではなくて、将棋界の情報を集めることでした。将棋というのは情報が楽しい。誰が何勝したとか、名人戦の選抜にAクラス、Bクラス、Cクラスがあって、その星取り表があって、「これは今期、調子が悪いなあ」とか、将棋の情報には楽しめる要素が多いんです。

「池内さん、将棋がえらく好きなんですね」

ある時、「今度、日経がやっている、棋聖戦の観戦記をお願いできませんか」なんて声がかかった。それ、僕の夢でもあったので、「こんなヘボでもいいんですか」って、言いながら引き受けましてね。

それで九州まで行って、羽生さんと丸山さんだったかな、対局が始まってしばらくすると、ぜんぜん指さないんですね。僕はもう退屈で退屈で、うどんを食いに外に出たり、帰ってきたら「どうですか」「いえ、まだ動きません」なんてやっている。どんな状況か控え室でプロが教えてくれるんですが、こっちは教わってもわかりません。それでも十五回、新聞に書きました。全部直してもらいましたけど、晴れて一回、観戦記をやったわけです。

先年、亡くなった英文学者の柳瀬尚紀さん、彼は本当に将棋が強いんです。やはり声をかけられて、柳瀬さんがやっている将棋仲間の会に入っていたことがあります。

僕が「ヘボだから」と言っているのを、柳瀬さんはずっと「謙遜」と思っていたらしいんです。いつも負けるので、言われました。

「池内さんほど弱い人、いないんじゃないかな」

それでも、人生で一回だけ、勝ちそうになったことがあります。どういう流れか、飲み屋で対戦することになって、それが接戦になっちゃった。

最後は気が逸《はや》った僕のミスで負けたのですが、僕に勝った人が、勝った途端に家に電話してるんです。「カアさん、勝った、勝った！」って。ずうっとあの人は負けていて、今回、初めて勝ったって。人助けですよね。柳瀬さんが一度だけ、駒落ちで相手をしてくれました。力がちがいすぎると、強いほうが駒を落として対戦する。その時、柳瀬方は玉と歩が三つだけ。極端に力の差のある時の駒落ちの例です。ところが始めると、歩が粛々と攻めてくる。たちまち、こちらの角をとられ、飛車をとられ——。三つの歩が、軍団のように思えました。将棋の強さをひしひしと実感したぐあいで、以後、将棋を指すなんてことは、すっぱりやめました。それが自分なりの将棋への敬意でした。

それでわかったんですけどね、リタイアした後、自分を眠らさないために何かをしよう、何かを趣味に持て、何かをしなきゃいけないっていうのは、よく言われますが、僕の今の絵も、ギターも、将棋も、一度はやっていたんですね。絵は小さい時から好きでしたし、それからギター、高校の時に兄貴が死んで、彼が弾いていたギターをもらって、ボロンボロンとやっていた。将棋も仲間でやっていました。

まったくの素人、ゼロから始めても、なかなか興味が続かないでしょう。小さい時、若い時にちょっとやってみたことを、今度は本格的にやってみるというのが、あるべきケースのような気がします。

ゼロから歌舞伎

僕と同じ年齢で、銀行でずいぶん出世した友人がリタイアする時に、「趣味がないから、一つぐらい持とうと思うんだけど、何がいいかね」なんて電話をかけてきたんです。

「あなたね、何か間違えてるんじゃないですか。趣味って一つじゃダメですよ。二十ぐらい持ってたら、やっとそのうちの一つか二つが通用する」

そう言ってやりました。

例えば、俳句の教室に入ったからって、俳句ばかり年中やってるわけにいかないでしょう。そういう人は案の定、次から次にやって、次から次に飽きていく。最後に何をやってるのかというと、同窓会かなんかでしょう。

結局、どこかに体が覚えてるものがないと、無理なような気がします。日常を再生させるためのものですけど、やっぱり過去の記憶を土壌にして再生するのではないでしょうか。

細胞は四年で全部替わっちゃいますが、まったくの別人になるわけじゃありません。自分のその遺伝子はちゃんと続いているわけですから。その遺伝子にあたるものが、必要になるのでしょう。

ただ、僕は一つだけ、まったく新しいものをやった。

それは「歌舞伎を観よう」ということ。歌舞伎という芝居に馴染んでみようっていうことを、ゼロから始めてみたのです。

これは職を辞めた時、非常に意識的に始めたものです。歌舞伎一年生、新入生ですから、「この演目がいい」とか、「あの役者がどう」とか選り好みは何もない状態のまま、歌舞伎座と国立劇場を交互に月に一度行くということを始めた。

知識がまったくなかったので、自分で本を買ってきて、本で勉強しました。

それを始めたのは一九九〇年代の半ばですから、今から考えると、非常にいい時期でした。というのは、歌舞伎の役者で言いますと、歌右衛門、雀右衛門、芝翫とか、富十郎とか、いわゆる年配の長老クラスと、菊五郎、吉右衛門、幸四郎、玉三郎、仁左衛門の、いわゆる中堅クラス。それからあの頃の若手、勘三郎とか、三津五郎とか、さらにもっと若手の菊之助とか、亀治郎とか、全部、揃っていたんです。そのバランスのいい状態は、ちょうど十年ぐらい続いたと思います。僕はそれで勉強したものだから非常に楽しかったですね。

その後、歌右衛門、雀右衛門、芝翫、富十郎が死んで、さらに近くは團十郎が死んで、菊五郎、吉右衛門、幸四郎がちょうど一番の長老クラスになって、その下の中堅の実力のある、人気抜群の勘三郎と三津五郎が、これからという時にあいついで亡くなってしまった。今は長老に近い人たちと、間が飛んで、若手しかいない非常にいびつな構成になっていて、スタッフの年齢の幅も薄くなりました。

僕はドラマツルギーというものを、ヨーロッパの芝居やオペラで勉強したものですから、歌舞伎の構造的な違いに驚いてばかりでした。

だって、「こないだまでこんなんだったのが、じつは」とか、「三下奴だけど、じつは殿様の息子だった」とか、「じつはこの二人は兄妹でした」なんて、急にわかったと言われてもね。ようやく探し求めていた敵と巡り会って、「さあ、これから」っていう時に、「それはいずれの時に、いざ、いざ、それまで」って、敵同士が和解して別れる。

非常に面白い芝居です。台詞にしても舞台にしても、「日本のオペラ」とは考えてましたけれども、西洋のオペラとはまったくちがうところが楽しいですね。

歌舞伎一年生

歌舞伎座と国立劇場へ交互に行って、さらに四月には、四国の金比羅《こんぴら》さんで、「金比羅歌舞伎」がある。あれは古い芝居小屋で、東京の人気者が座をこしらえていくというもので、ある人のお世話で、ちょうど十年間通いました。

歌舞伎はまったくの一年生から始めて、けっこうな出費になりましたが、勉強もしたし、観るものも観た。それまでは、銀座に行くと歌舞伎座というのがあって「へんてこな建物だな」とか、「不思議な看板だな」とか、関心はありましたけれど、その中がどんな世界なのかまったく知らなかったわけです。

歌舞伎の勉強を始めてしばらくして、たまたま雑誌の仕事で、吉右衛門をはじめ、歌舞伎役者と「吉兆」で食事をしながら話を聞くという、たいへん贅沢な企画に呼ばれました。

聞き役といっても、時代小説家の北原亞以子さんが本当の聞き役で、僕はその横で相づちを打つだけの役目だったのですが。

思ったのが、歌舞伎役者って歌舞伎の話しかしない。とにかく芸の話、それが好きなんです。

五人いたら五人全部、年寄りは年寄りなりに、若手は若手なりに、みんな芝居が大好きなんだということが伝わってきて、非常に印象深かった。芸事というのは、ここまで打ち込まなければ大きくなれないんだなあと、よくわかりました。

それから、話が非常に具体的で、自分の芸を説明する時に、目の前で立ち上がってね、「オウッ」って、やり出す。理論ではなくて、体が覚えているわけです。

日本人ならではの情緒の世界がありますね。

苦しみながらでも親が子を斬らねばならぬ、みたいなところ。様式化してるにもかかわらず、ハラハラしたりね、ぐっと来たりね、涙ともいかないけど、じーんと来たり。

歌舞伎の勉強は自分を活気づけました。知らない世界がものすごく開けましたからね。日本人というものを考える上で、非常に大きなヒントになりました。

たしかに歌舞伎なんて、縁もゆかりもなかったから、「一年生」から始めました。でも、考えれば、歌舞伎座の建物は気になっていましたし、ヨーロッパのオペラも大好きでした。自分の中を注意深く探してみれば、まったくのゼロというものはないのかも知れません。

再読で再生

日常を再生するための、最もお金のかからない方法は、幼い頃に読んだ小説や物語をあらためて読み直すというものです。

『十五少年漂流記』『西遊記』『宝島』『ああ無情』『巌窟王《がんくつおう》』といった名作を、六十、七十になって読み直すと意外に面白い。あるシーンだけをよく覚えていたりして、どうして覚えているのかを考えれば、自分の性格がわかるかもしれません。

これらをオリジナル版で読もうとすれば、どれも文庫本で何冊もの大長編です。

あの時代の小説家はみんな、行数計算で原稿料をもらっていましたから、金に困った時、グーッと描写を引き延ばすんです。「ようやくお城が見えてきた。ついては、このお城についてひとくさり歴史をたどってみよう」とかいう一文を入れて、ここから寄り道して一稼ぎをする。だから、あんなに長い必要なんかないと僕は思います。

子どもの時に読んだものと同じダイジェスト版で十分でしょう。それも古本屋に売っている安いやつでいい。

『西遊記』の中に不思議な話がありましてね。

山寺に三蔵法師の一行が立ち寄って、「今夜、泊めていただきたい」と言うと、小僧さんが出てきて、「和尚は出かけておりまして、小僧の私たち二人だけでふつつかですが、どうぞお泊まりください」と言う。

そして夜になると「食事をご用意したいのですが、山の上のことで何もありません。赤ん坊を召し上がりますか？」って言ってくるんですね。

「赤ん坊？」

「はい。裏の庭に赤ん坊がなって、ちょうど食べ頃ですから、もいで来ましょう」

小僧さん二人が赤ん坊をお皿に盛ってくるんです。

「さあ、召し上がれ」

丸々と太った赤ん坊の挿絵があって、僕は子どもの時、本当に怖かった。

「いや、さすがにこれは私たちは頂けません」

「さようでございますか。では、私たちが頂きましょう」

小僧さんが台所の隅で赤ん坊をぼりぼり食べ始めるのです。

何十年振りに読み返しましたが、やっぱり不思議です。仙菓といって、仙人の食べ物か何かを通俗にしたのでしょうか。

鉄仮面の正体

再読には思いもかけない発見がずいぶんあります。

幼い頃に読んだものを改めて読んでみると、日常の再生には非常にいいと思います。『巌窟王』のもとは『モンテ・クリスト伯』でしょう。クリスト伯、実は、キリストの物語なんですね。「もう一つのイエス伝」として、デュマなりにイエスの物語を書き換えたもののようです。最後に「愛」が出てくるのは、テーマがキリストだから。子どもの時、あれを読んでいて、なんで愛が出てくるのかわからなかった。というのも、悪人ばかり出てくるから。その上、話がいい加減なんです。

「この岩が邪魔だな、この岩、何とかならないかな。あ、そうだ、あそこに爆弾がある」って、急に爆弾が出てきてね。誰かが置いていったって。そんな急に出てきたりね、本当にいい加減な物語ですが、それでも面白いんです。どうしてこんなに面白いのかっていうことは、子どもの時にはわからなかったけれど、大人になって読むとわかります。

子どもの時、僕は『鉄仮面』っていう小説が怖かった。

著者はボアゴベという、『鉄仮面』だけが有名で他は駄作ばかりの作家。でも、あれは本当の話です。「鉄の仮面を被せられた男」というのが、ルイ十四世の頃に実在した。それはヴォルテールの歴史書に出ていて、ヴォルテールも牢に入っていたから実際に目撃しないまでも、噂は聞いていたようです。

男の正体についてはいろんな推理があって、僕もそれで原稿料をもらったことがあります。

何十年も顔を隠すということは、同じ顔がもう一つあるということ。それは誰でも知ってる顔。同じように年を取っていく顔。田舎で隠し、都会でも隠し、牢でも隠したということは、フランス中の誰でも知っている顔。貨幣に刻まれた顔。つまり、「ルイ十四世の双子の兄弟である」というのが僕の説。もっとも大筋は劇作家のマルセル・パニョルの本からいただきました。

小学五年生の時、学校の図書室で『鉄仮面』を読みました。

ふっと気がついたら周りが暗くなって、もう西日が硝子窓を赤くして、「ああ、どうなったんだろう」と思ったら、係の女の人が、「池内くんがあんまり熱中して読んでるいるから、もう閉める時間を過ぎてるんだけど、開けてたのよ」

その日、僕は「顔を隠すって不思議だな、どうしてかな」と思いながら走って帰った。その疑問をずっと抱えて、何十年も経って、自分なりの解決をつけたわけです。

眠りの練習

眠るというのは健康のために非常によいことですが、年を取るとだんだん眠れなくなります。三時間か四時間で、すぐ目が覚めてしまう。

眠るにもエネルギーが必要で、エネルギーがなくなってきているから、「九時か十時に寝たら、夜中二時頃、目が覚めて困るんだよ」なんて、みんなぼやいたりするわけです。

僕はその時は、「もう起きちゃえばいい」って思う。いっぺんに眠ろうとしないで朝、朝食の後、眠くなって眠る、昼寝する、朝寝、昼寝、夕方になると疲れて眠くなる。

夜は当然、眠りますよね。だから、「朝寝」「昼寝」「夕寝」「夜寝」という、四回眠るというのはどうでしょうか。

眠りはそれぞれ、三十分か一時間でいいので、合算すると六時間ぐらい寝ていることになって、非常に体にはいいと思います。

それから、『三年寝太郎』とか、『眠り姫』とか、眠りにはいろんな物語があって、三年寝太郎は眠りのあとに幸運が見舞う、眠り姫も眠ったあとに王子が現れる、眠りが来るといいことがあるという話はたくさんある。眠りは幸運の使者みたいなものだと考えて、なるだけ眠ることにしましょう。

どんなに嫌なことがあっても、寝ている間は忘れますし、ひと晩寝ると腹立たしさが半減したりします。心が安らいでる状態は、眠りによってもたらされている。

「朝寝」「昼寝」「夕寝」「夜寝」、そんな名付け方をして、僕の場合、「夜寝」は二時頃まで、目が覚めたらそのまま起きてしまって、でも、二時間ぐらいすると眠くなるから、「夜寝」を二回に分割することもあります。

その日の昼間に人に会う予定があれば、朝寝を長くするとか、四つの眠りをいろいろ組み合わせていけばいい。

眠りは日常の中に大きな比重があります。

ある外国の皮肉な小説家が、眠りをテーマにした恋愛小説を書いているんです。恋をするとその人のことを考えるようになるでしょう。でも眠るとその人のことも忘れてしまう。主人公の男は、眠らないで恋人を思い続けることが、自分にとって愛に殉じている証であると決めて、とにかく眠らない。意志の力で眠りを拒む。眠らないとどうなるかというと、馬鹿になります。二日目ぐらいから、涎《よだれ》を垂らしたり、オシッコを漏らしたりする。

僕、その本の書評をしたことがあって、物語ですから、もうちょっといろんな問題や伏線が入っていますが、眠りの生理をよく勉強した上で書いてありました。

だから、「寝てばっかりいて」って言われても、あれは利口になるんですからいいんです。「うちのおじいさん、寝てばっかりよ」なんて、あれはとてもいい状態。ドイツ語に「眠りは短い死、死は長い眠り」という言い方があります。死は長い眠りですから、短い死を経験しておくと、長い眠りのコツがわかっていいかもしれませんね。

第9章
老いの旅

下り坂にて

すでに述べたように、人生の折り返し点を過ぎれば、長い下り坂になる。いろんな下り坂の楽しみ方を自分で工夫して作っていくというのがいいんじゃないかと思います。ここまで話した中で、幾つかあったと思うんですけど、コレクションなんか一番簡単な例ですよね。せんべいを食べていれば増えるんです。

下り坂の楽しみとして、旅行を楽しみにされている方は多いのではないでしょうか。ここでは、僕なりの旅の楽しみ方の工夫をお話ししようと思います。

旅の工夫①　一日増やそう

リタイアした人が一番に言うのは「これからは好きな所へ旅行したい」ということ。

遠くに行って、何か美味しいものを食べるのは、もちろん楽しいですが、老いてからの旅では、方法にも工夫を凝らしたほうがいいかもしれません。

その一つは、例えば、一日余分に日を用意する。

日帰りで考えているなら一泊、一泊で考えている旅行は二泊、二泊だったら三泊っていう具合に、一日余分の時間を付け加えるといいんじゃないですか。

そうすると非常に余裕ができて、同じ場所、同じような旅の形でも、まったく楽しさが違ってきます。

さっきの上り坂、下り坂でいえば、同じ坂でも上る時の風景と下る時の風景は違うんですよね。このように、急がないで非常にゆっくりした旅程にすると、やはり違った風景が見えてきて、ゆっくりとした物静かな時間も出てきます。一泊、一日増やすだけでうんと旅の形が違ってくる。旅の工夫の一つ目は、「一日増やそう」。

旅の工夫② 他人任せにしない

旅行会社にお任せではなくて、自分で初めから終わりまで旅の計画を作るのはどうでしょう。他人任せにしないのもいいものです。そうすると、プランを立てている、スケジュールを作っている間がすでにもう旅に入っているわけですから、それが楽しくなってきます。二つ目は「他人任せにしない」。

旅の工夫③ ストックを用意しよう

日頃から行きたい所とか、面白そうな所とか、安い宿とかホテルとか、気がつくたびにその情報を整理して、自分のストックを作っておく。三つ目は「ストックを用意しよう」。仮に「自分で見つけていいと思って行ったらつまらなかった」ということがあっても、運命というのはそういうものですから、人生はそうなんですから、たまに失望するのも旅として悪くないと思います。

旅の工夫④　欲張らない

四つ目は、「欲張らないこと」です。あれもこれもなんて考えないで、「これか、あれか」って二つくらいに絞ってしまいましょう。これと決めたものを丹念に見て回って、その中でいろんな楽しみを見つける。たくさん回ったからといって充実するわけじゃない、そういう考え方のほうがいいんじゃないかとも言えますね。

そういう中で見つけ物があれば、本当にいい旅をしたことなので、疲れたらもう早くホテルに帰って、一日余分にとってあるから、ホテルのベッドで昼寝をしていればいい。夕方起きてシャワーでも浴びて夕食という非常に幸せな時間ができるだろうって思います。

だから、老いた旅は時間の余裕ですよね、お金の余裕はそんなになくても時間の余裕さえあれば、楽しい旅ができるわけですから。

旅の工夫⑤　お土産は買わない

五つ目、「お土産なんかはもう買わないこと」。もらっても誰も喜ばないから。ただ、自分の記憶の代わりにしたければ、何か一つだけ、安い物でいいから、その土地ならではの何かを見つけるというルールにして、よく見て、よく考えること。これはよさそうだけど製造元をよく見たら「東京都台東区」なんて、そういうのがあります。

一つだけ、その土地ならではの記憶がわりのお土産を見つけるというのは面白いです。だから僕は、お土産屋さんに行かないでその土地のスーパーに行きます。スーパーとか、今では道の駅なんかにも行きますけどね。そうすると、地元の人が自分の作った商品を持ち込んで売っていて、作った人の顔写真がついていたりして。その土地ならではの物がそこにあります。スーパーのほうが土産物店よりも面白いです。

旅の工夫⑥　記録を作る

それから六つ目、最後は「自分の旅の記録」を作る。旅行から戻ったら一冊のノートに、細かいことを書くわけでもなくて、もう簡単でいいんです。気がついたことを書いて、もらってきたパンフレットから切り抜いたカットや、写真なんかも貼りつけて、自分のパンフレットを作っちゃう。

頂いたパンフレットはだいたい「きれい、きれい」であんまり意味がありません。そこから部分を切り抜いていけばいい。それをノートに貼り付けて自分の地図とか、自分の感想の横に貼り付けていくと、別のパンフレットが出来上がります。「旅を保存する方法」ですよね。

時間が経ってその自分の手製のパンフレットを見ると、今度はもう一度、記憶の旅ができます。

だから、年寄りの旅はそういう知恵とか工夫を凝らすと、たった一泊二日でも非常に面白い旅行ができるという、ここまでお話ししたことは、僕のこれまでの体験から選び出した要点です。

億劫を乗り越えて

「旅行に行きたい」なんて言いながら、「お父さん、言ってるだけで行かないじゃん」なんてよく言われるのは、年を取って億劫になってきているからなのでしょう。

「わざわざ三日ぐらいで何万円も使うのはなあ」なんてお金のこともありますし。

でも億劫がっていると、ずぼらになって、怠惰になって、何でも受け身になって、老いの生活の中で保守的になって、いいことはないでしょうね。

やっぱり多少なりとも出かければ、五感が刺激されて、体そのものも動かしてるわけですから、心身共にある刺激を受けるのはやはり必要でしょう。

その意味では、旅行は一番、俗にいう活性化にはいいんですね。

億劫になってきたら、億劫な自分を乗り越えて出かけるための工夫をする。自分で行き先を見つけて、「そこに行くんだったらここ」という資料を集めて、自分のできることから始めていけば、だんだん興味が湧いてきますからね。

旅が始まる前の計画を作る楽しみと、行く楽しみと、帰ってきて記録を作る時と、三倍楽しい旅になる。

「どこかいいとこないかな」っていうのを日頃気をつけていて、それを見つけるために切り抜いてファイルにしておいて、そういうファイルが増えていくのも楽しいものです。

東日本、西日本に分かれていいて、引っ張り出すと「ああ、ここも行ってみたいな」なんて、そういう前段階があります。それから実際の準備にかかって、行く、帰る、整理して、蓄積されたものからまた、「今度はここに行ってみよう」というふうになるといいですよね。

整理の段階の中には写真もあって、今はデジタルカメラが主流でみんなむやみに写真を撮るでしょう？　何百枚でも撮れますけど、あれは愚かしくてね、馬鹿馬鹿しいと思う。写真なんて数を限って選んで撮らないと意味がないっていうのが僕の考えです。

そのために僕は何十万円というカメラじゃなくて、八〇〇円ちょっとの「写ルンです」を使っています。三十九枚。なぜだか知らないけれど三十九なんです。三十九枚で十分。一回の旅行にあてられますし、軽いし使い勝手がいいし、きれいに写る。あれは日本人の発明した出色の逸品です。

ある時、カメラマンと取材に行ったら、その人、むくれた顔をしてカメラをいじっているんです。「どうしたんですか」って聞いたら、

「いやあ、なんか動かなくなっちゃって」

終始、動かなかった。重いのを担いできたのに、動かないものだから、彼は荷物を持っていただけということになっちゃった。

ときおり、一緒に並んで、「写ルンです」で撮ったら、ほとんど変わらないのが撮れます。

まあ、あっちはプロだから、重いのを持っておかないと商売にならないわけですけど。

アントンとは誰か

今、下り坂の楽しみの一つが「旅」という話をしましたけど、そういったことで大きな問題になってくるのは、若い時には思いもかけなかったこと、いわゆる「シモ」の問題を、だいたいみんな老人は抱えてるんですね。

人には言いにくいものですから、家庭でもあまりオープンにもできなくて、不始末をして奥さんに怒られたりしている。

「そんなのお互いに始まることなんだから、奥さんと共同でやればいいですよ」僕は言うんだけど、なかなかできないみたいです。

僕の友人の場合、家の中に奥さんと犬がいるんです。

彼はミスをすると、悟られないように自分で掃除をするのですが、犬がくんくんと鼻を効かせて「またやったな」と、こう、顔を見るわけです。すると奥さんがなんか感づいちゃってね。「犬はね、ダメなんだよ、鼻がいいから」って。「そんなの、はっきり言えばいい」って僕は言うんだけど。

シモの問題は他の目や歯、手や腰と違って、隠し事みたいにして悩んでる人が多い。でも、その機能が悪くなるのは当然です。もう四六時中使ってきたわけだから、故障寸前、あるいは故障しながらでも機能を果たしてくれるだけでも御の字というものであって、労《いたわ》って思いやって目を注いでやらなきゃいけない。そういうものだと思います。

僕のやってるやり方を一つの参考のために提案するわけですけれど、「シモ」や「トイレ」といった言い方ではなくて、お世話になったものだから、僕は名前をちゃんと付けています。「アントン」っていう名前にしているんですが、何となく「アントン」っていうのが、僕にとってしっくりくる呼び方で、「また、行くの、アントン」とか、「えっ、もう終わったんじゃないの」って話しかけると、「いや、まだまだ」アントンが答える。アントンと対話しながら用を足すというのが多いです。

「アントンが呼んでるからちょっと行ってくる」とか、「今日のアントンは何か元気がないんだよな」そういうふうに言ったりもします。

だから、アントンの経歴書とかね、書いてみたりもしました。アントンというのは、若い時は元気だけど年を取ると元気じゃなくなる。元気な時は「張り切り大王」ね、「モリモリ先生」「頑張りやさん」「放蕩《ほうとう》息子」、現在は「しょんぼりくん」「うなだれの君」「退役軍人」「おチビさん」なんて言われたりもする。

女の子に話したら、ゲラゲラ笑っていましたけどね。

そういう労り方というか、思いやりですね。「シモ」をちゃんと格上げして、一人前に扱ってやるといいんじゃないでしょうか。

こんなことをしていたら、僕が昔、教えた女の子でオーストリアの人と結婚して、旦那さんが建築家なんだけど彼がアントンっていうんです。たまに日本に帰ってくると、一緒に会いにくるものだから、「いや、アントンには、お世話になってます」って、旦那さんに力説してしまうんです。

なんとかパッド

僕と同い年の女性で、亡くなった知り合いの奥さんなんですけど、この前なんかの時、「トイレなんかどうなんですか」って聞いたら、「うん、まああだけどね、でもね、くしゃみをしたらね、漏れたりするのよ、イヤになっちゃうわ」なんて言っていて。「男だってそうですよ、あくびをして漏れたなんていうんだから」そんな話をしていました。

男も女も人間の機能というのは、そういうものですからね。

一回不始末をして神経質になっちゃって、人前へ出なくなったカメラマンがいて、「そんなのちっともかまわないんだから、カメラマンが外へ出なくなってどうするの」と言って、奥さんにも、「何とか彼を引っ張り出してくださいよ」なんて言われてるんです。でもやっぱりね、一回失敗したらなんか怯えてしまっていてね。

女性もそうでしょうけれど、そういう点は非常に繊細っていうのか、気が弱くなるんですね。

だから、そのために今はいろんなオムツが、「なんとかパッド」と言ってるけど、ああいうものがあって、ぜんぜん心配ないんだから、そういうのを使って、今の文明が作った本当にありがたいお助けマンみたいなものですから、それをどんどん使えばいいって思います。

女性の場合は、若い時の生理の体験があって抵抗がないんですけどね、男はなんかそういうオムツ的なものに対して非常に抵抗があるんですよ。

僕、やはり昔、教えた女の子で女医さんをやっている人に、「そういうのは、みなさんどうされているんですか」って聞いたら、「いや、おじいさんはやっぱりなかなか、言うことを聞かないですね」って。そういうのを着けても、ちっとも恥ずかしくない、人格が劣るわけじゃない、と僕は考えています。

そういうものをお店に見にいってメモをしたんですが、どの製品にも「安心」という言葉が付いている。「これを着けたら会議は安心、これを着けたら人前でも安心、電車でも安心」、ようするに、いかに不安がっている人が多いかです。

だから、まず担当の器官を労ってやること、それからあと、お助けもの、いろいろな商品を見て、自分で選んで使えばいい。

ただ常に自分で用心して用意しておいて、すぐに取り替えてきれいにしておく必要があります。電車の中、映画館、ふっと臭いがする時がある。特有の臭い。それはおしめを替えなかった赤ん坊と似た臭いで、男の場合、大人だからもう少し悪臭に近い。

でも当人はぜんぜん臭いに気がつかないんですね。脱臭って書いてあるけど臭いなんかそんなに完全に消せるものじゃありません。

そんなシモの問題で、とくに外に出た時はまったくの自己責任ですから、自分で用意する、自分で準備する、自分で「この辺りだったらどこにトイレがあるか」をきちっと定めておいて駆け込む。二重、三重の用意をして外出するっていうのも必要ですね。だから、外に出るのにも不安があるというのは、よくわかります。

人生はされど麗し

川柳に「オムツしてデートに出かける八十歳」っていうのがあって、いい川柳だと思ってメモをしました。これは年を取れば誰でもめぐってくること。知らない間は、馬鹿馬鹿しいと思っているけれど、実際非常に切実になってくる問題です。

自分の体の一部がままならない、反抗する、自分の意のままにならない、そういう状態というのは喜劇によくあるんですね。

だから、自分が、人生の喜劇の主役になっているぐらいに見なしたらいいんじゃないかって思います。年を取って、自分の生きる状況がだんだん喜劇的になっていく。悲劇にすると非常に辛いけど、喜劇だと思えば笑って済むことです。

僕の伯父の一人ですが、町医者でね、ずいぶん面白い人でもう死んじゃいましたけど、若い時、よく遊びに行っていたんです。晩年は認知症になりましたけどね。

ちょび髭を生やして、丸いメガネをかけて、「ゲーテ知ってるか、ゲーテ」って言うから、「ゲーテは知ってますけど」って言ったら、「ゲーテ曰く――」いつもの口癖でね、「ゲーテ曰く――」、旧制高校のドイツ語で「ダス・レーベン・イスト・ドッホ・シェーン」って言うんです。ゲーテ曰く――「人生はされど麗《うるわ》し」。

最後はもうよれよれになって、そんな麗しの人ではなかったけれど、それでもそういうふうに考えて生きていた人でした。

伯父は最後は一人暮らしになりました。息子がやっぱり医者になって遠くの街にいたんです。一人住まいはかわいそうだっていうので、引き取ったら、徘徊《はいかい》が始まった。見知らない所へ連れて来られたから、不安で不安でしょうがなかったんでしょう。ちょっとでも記憶にある風景がありそうな所、それを探していたのでしょう。徘徊のもとを見落とし、かわいそうなことをしたと思います。

まあ、「人生はされど麗し」の、「されど」の一つで、思いもかけなかった状況に陥ることもある。それでも、悲劇を喜劇に、いろいろ工夫を凝らして面白い喜劇が出来ていいんじゃないかと思います。

べっぴんさん

特急電車に乗るのは不安だから各駅に乗るとか、歩いていてふっと気がついて、「この辺にトイレがあるかどうか調べていなかった」と急に不安になったり、僕の体験では六十代まででは、そういう問題はありませんでした。

七十代になってそういうのが始まって、自分なりの工夫をしています。面白いと言えば、面白いですけどね。

ある人に、「特急電車に乗っちゃって、トイレに行きたくなることもあるでしょう」と言ったら、「乗る前に念力で出しておくんだ」なんて答えでした。

あとどれぐらいもつとか、いま行っておけばこれくらいは大丈夫だとか、ある程度自分で把握できればいいんですけど、はっきりしないんですよ、アントンが。

「大丈夫だな？」ってアントンに聞くと、「うん、大丈夫だと思う」って言ってたのに、急にね、「あの……」なんて言い出したりする。

だから、自分もそろそろ「なんとかパッド」かなあって思っている時、さっきの教え子の女医さんが学会で東京に出てきていて、「こういうものを着けるようだと、世もお終いだよな」なんて話したら、「先生、そんなの使わなきゃ。今、いいのがたくさん出てるんですから。これから見に行きましょう！」ということになった。

べっぴんの女医さんでね。今、四十初めかな、そんな、女ざかりの人と新宿のドラッグストアに行って、パッドを選んでもらっている。

もうちょっと洒落《しゃれ》たとこへ行きたいよね。

だから、何でも喜劇になってしまいます。まあ、今、生きていることがだいたい滑稽《こっけい》ですから。人生なんてその程度のものでしょう。地上の生き物の中で、人間は地球を痛めつけることばかりして、大した生き物じゃありません。

そんな滑稽なところを、生活の中の面白い要素と思って、シモと対応するといいんじゃないかと思います。

第10章 老いと病と死

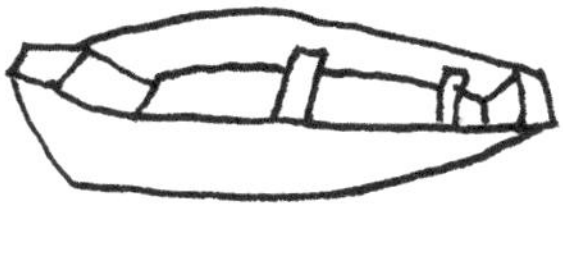

自分が主治医

人間というのは本来、自分の中に自分を癒やす力を持っています。

これは動物もみんなそうで、犬や猫を見ていても、自分の具合が悪いものは自分で治す。そういうふうにしています。

人間にも当然そういう能力があるわけで、それを医学というものが助けたり、薬が助けたり、あるいは、いろんな設備が力を貸すことはあっても、そういうもの自体が「治す」ということは、僕はないと思う。

ものすごい誤解があって、お医者さんに命を助けてもらったとか、医者に行ったから治った、薬で治った、あれは錯覚で、医者のほうはいろんな薬は処方するわけだけど、その薬は手助けをしただけです。

基本的にはその人の治す力が中心になって、薬が、診察の中の見立てのそれが、お助けマンとして働いたことはあっても、それを治したのは自分の中の力だと思います。

手術をして病根を切り取ったり、そういう外科的なものは別です。いわゆる内科的な病気、あるいは擦り傷などを含めて、その大半は自分で自分を治す力が働いて治ったと思います。

ただ、先にも言いましたが、日本人は昔から医者とか医学に信仰に近いものがあって、今でも病院に行くと薬をいただくとか、診察してもらうとか、非常に医者に対して丁寧語を使っている。でも、医者だって技術と知識が元手の商売です。

前も言いましたけど、突然飛びこんできて三分や五分でその人の病名がわかるはずがないので、当人のいろんな言葉を聞きながら幾つかの病気を想定して、それを消去しているにすぎません。それを何度も繰り返せばある程度、正体にたどり着けるわけですが、時間の制約があって、だいたいの見当で薬を出してるのが正直なところでしょう。

人はよく、お医者さんに行く、薬をもらう、いい病院に行く、いい医者に付くっていうことに非常に熱心で、ときには狂奔しますけど、僕、あまりそういうことは信じていません。

だいたい、生き物は大きくいって生殖能力の役割を果たすと、ほぼみんな死ぬんですよね。

鮭なんか、産卵するとすぐ死ぬ、カマキリですか、ああいうのを見ていても自分の子どもを生かすために、その親、男のほうを食糧にしてしまったりとか、それで終わりになるわけです。生殖能力が終わっても何十年も生きるというのは、人とゴンドウクジラ、その二種類だけみたいですね。なぜクジラの中でもゴンドウだけがそんな生きるのか知らないですけど、そういう具合になってるようです。

人間には自分で自分を癒やす力があるっていうふうに考えながら、病と死を考えたいと思うんですね。

治る病気　治らない病気

「老いとは寄り添え」

「病とは連れ添え」

「医者は限定利用」

これは介護施設をやっている先生が、ある講演で話していた言葉だけれど、僕は、これはいい言葉だなと思ったんです。

老いとは寄り添う、病には連れ添う、健康に振り回されない、健康、健康なんてことをたいそうに言わない。それから、医者は限定しようって。「限定利用」という言い方をしていましたけど、あるものに限ってだけ医者を利用しろ、全部お任せなんてしないということなんですね。

病について、前はちょっと別の言い方をしましたけど、ここでは、終末に近づいている病、死に至るその病とどう過ごすか、若い時であれ、働き盛りであれ、どうしても治すことを中心にした病に対して、終末に向けた戻り道の病は、治すということを中心にした医学は望ましくないわけです。

高度な医学で治そうとすると非常に患者が苦しむ。だから戻り道の病は治さない、治そうとしないという医者、あるいは患者自身も治ろうとしない、治してほしいとは思わない。そう考えたほうがいい。

怪我や病気が医者のせいで治って、「医者のお陰だ、薬のお陰だ」っていうのは誤解だって言いましたけど、医者や薬を非常に冷静に見れば、実際、治る病気と治らない病気があることがわかります。

これは、ごく単純なことで治る病気というのは感染症です。結核とか、赤痢とか、ああいうのは薬を処方をしてもらえば治る、完治するわけです。

僕の高血圧とか糖尿なんて、感染《うつ》らない病気、ああいうのは治らない。治らないものは治そうとしないほうが、それは病気に対して正確な見方なんですね。

体の異常というのは、基本的には異常じゃなくて体の防御本能、自分で自分を治そうとしている反応であって、風邪で咳が出るのは当然、咳をして痰を出そうとしているわけだし、下痢や嘔吐したりするのは異物を早く外に出したいって、体が嫌がっているわけです。

体が防御態勢で反応してるだけのことで、病気じゃないんですね。

だから、下痢が止まらないとか、そういうことで医者、病院に来る人は、出すものを出しちゃえばちゃんと治まるのだから、本当は薬なんか出さなくていい。

でも、当人が薬をもらわないと承知しないから、下痢止めなんかを出す。体は出したがっているのに、出すのを止めるのだから、余計よくないんですけどね。ちょっとした傷では、傷パッドっていうのが町で売っていて、僕はこれで全部処理しています。水道で傷口を洗って貼り付けるだけですけど、三日ぐらいですぐ治る。これも自分の治る力を利用したもので、元々はスウェーデンでつくられたものだそうです。

危険な博打

最近ようやく、自分の体の持つ力を利用する医者が少しずつ増えてきました。

「今、全国でどれぐらいなんですか」って聞いたら、「三千人ぐらいかなあ」ということ。まだ小さい学会なんだそうです。

医者からすれば、「医者が治すんだ、薬が治すんだ」って言っていたほうが、商売しやすいですからね。

本来、老いに直結した病は、病というものをしっかり考え直す機会でもあるのに、患者のほうがよくないんです。「あのお医者さんはいい、あの病院はいい、あの薬はいい」、そんなこと、わかるはずないから、設備がやたらに大仕掛けだったり、やたらに検査をする病院が、いい病院という、目に見えるものだけが基準になっている。

前にもお話ししましたが、僕、健康診断をぜんぜん受けていなくて、あれは、非常に不合理です。あれは健康な若者の基準値を基にしてるわけですから、数値が出てくるとそれに合わないって、そうすると「異常」ということになってしまう。

そんなことをやっていたら、誰だって引っ掛かります。二十歳だからこれはよくない、八十歳だからこの数値でもかまわない、そういう風には、医者は言わないんですね。二十歳の人が検査しても、八十歳が検査しても、同じ数値で判断する。おかしいですよね。

「僕なんかいい年だから、ほとんど数値関係ないじゃないですか」って言ったら、「いや、やっぱり一応、これは基準だから」って言うんです。

基準を超えると「用心しろ」というマークが付いて、もっと用心しろって場合は、もっと違うマークが付く。この年齢だともういいんじゃないかってことを判断する基準が入っていない。健康診断というのは、そういう困った基準値に基づく判断ですから、とくに老いの問題を抱えた人たちは、きっと何かに引っ掛かります。

とくに健康診断の詳しいやつは、項目が三十ぐらいあるんです。それに引っ掛からない者は一人もいない。

するとついにはもっと詳しく調べようと、人間ドックで調べようっていうことになる。人間ドックとか健診の一番の弱いところは、人間の体というのは、やっぱり朝と夜で違うんです。血圧なんかもずいぶん違います。それから季節によっても違う。寒い頃と暑い頃ってうんと違う。微妙な人だと食前と食後でかなり違う。

だから、検査した数字の有効期限は一日でしょう。人間の体は今日は万全でも、たった一日過ぎるともう違う。だから、あんなものにお金を費やしたり、いろんな検査を受けて心配事を増やすのは馬鹿馬鹿しいと僕は思います。

それから、「手術したら九〇パーセントは治る」なんて、そういう言い方があります。そう言われると、誰だって自分がいわゆる「治る」側だと思う。「じゃ、やってみましょうか」って。でも、九〇パーセント治るというのは一〇パーセントは治らないわけで、自分が九〇なのか一〇なのかは、わからないわけです。むろん医者だってわからない。そうすると、患者本位で考えれば、一〇〇かゼロと同じです。九〇か一〇というのは、九割は治るという錯覚にすぎません。

これは医学の不確実性という言い方で、話をしてくれる医者もいます。

でも、だいたいは「九割治るからやったほうがいいよ」という言い方をするんですね。

医学の限界

医学には限界があって、そのことはあまり言われないですけど、例えば、老人を若くするのは、医学にはできません。死ぬのを止めるのも不可能です。

老化を止めるのも無理だし、感染症は治せるけれど、感染しないものは治せない。

医学の限界はたくさんあるのに、それをぜんぜん言わないで、いかに医学が発達したか、いかに高度な医療が確立されてきたかということばかりが目立っています。

巨大な病院を造ってね、下り坂の病人はそういうお世話にならないで、終末の医療を考えてくれる町医者で十分です。

医学の持っているそういう矛盾を話して、聞いてくれる医者であれば、八十、九十で治そうとしないで、不便がない程度に痛みを消してくれる、痛みを取り去って、病を軽くしてくれるっていう、それぐらいの医者で十分です。

この「老いと病と死」の、この「病」は、そういう意味での病、そういう意味での自分の医学に対する考え方が問われることです。

健診とか人間ドックとかが大流行で、誰もが当然のように年に一度は受けたり、また受けなければミスをすることになりかねないっていう言い方で脅迫されますけど、そんなことはいま言ったようなことを考えていくと意味がないので、無視すればいいと思います。

喉が腫れていて食べにくいって、そういう時の喉の腫れの引く薬はあります。それで喉の腫れが引いて食べやすくなるって、こういうのは回復です。

回復ができる障害は医者にかかって当然です。生活のクオリティを下げるような、そういう状態の時には回復してもらったほうが楽ですから。

僕はもうこの年ですから、むしろ「手術なんかしないほうがいいですよ」って、そういうことを言ってくれる医者を信頼しています。

ひどい目に遭っている人

それでだんだん「死」に近づいていくんですけど、死が近づいてきても、今の医学ではやはり積極的に治す治療を中心にするわけです。

死なせないように、手を替え品を替え、いろんな薬を処方し、いろんな療法を申し出て、場合によれば手術もする。八十、九十でもそういうことをするのが、治すという方向からすれば、そうなるわけです。

ただ、前に話したように、治す必要がないんだから、それは患者さんを辛い目に遭わせるだけです。でも病院に行って、「治してくれるな」と言うわけにもいかないから、病院に行く限りは治そうとする。当人はそうされればされるほど苦しい、ということになってきます。

子どものほうも、親孝行とかそんなことは別にして、ようするに治そうとする。医者は「いや、治さなくていいですよ」とは絶対言えないし、言わないでしょう。だから、医者と周りが治そうとするわけです。

日本では、患者はとにかく弱い。

もともと弱い立場が病んでいるわけですから、ほとんど発言権がないわけで、そうしているとひどい目に遭います。

今、全国にそのひどい目に遭っている人がもう何十万っているんじゃないですか、生きるでもなく死ぬでもない状態に留め置かれている人。

これはもう今の日本の医学が陥っているとんでもない状況で、ただそれが非常に経済的には医学の世界を潤すものですから、そういう状態が途切れることはありません。

何もしないで見守ってくれる医者というのは、そういうところではまずいない。いられないでしょう。患者にとっては、それが一番いい医者なのにね。だから、老いから死に至るのが、非常に日本では難しいんです。

つまり、本来ならもう介護に行くべき人も病院に送っちゃうんです。救急車で運べばまず病院で、そこでは、あらゆる延命措置をしますから、そうすると延命措置をした段階でもうその延命措置を取り去ることができない。

「延命措置、あるいは終末医療を受けたいか」というアンケートを医者にしたら、百人が百人とも「受けたくない」という回答で、自分でよく知ってますからはっきりしています。

そういう措置に至る前に、周囲と当人が「そういう治療を受けない、終末期医療を受けないで介護の状態で死を待ちますから」と言えば、医者のほうがそれを認めれば、それは通用します。当人と家族の意思、それを病院側に伝えて理解を求めれば、今はかなり患者側の権利、希望を受け入れるっていうことが多くなったようで、以前とはかなり違ってきたようですね。

穏やかに死ぬのがこんなに難しい時代はありません。以前は「もう、うちのばあちゃんダメだね」なんて言って、家に連れて帰って座敷に寝かして、だんだん死が近づいてくるのがわかるという、そういう穏やかな死が、わりと日常にありました。今はもう難しいですね。穏やかな死のためには、本人がいろんな苦労をして準備や用意をして、自分なりの意思を伝えなければなりません。

便宜の功罪

積極的な治療はしないとしても、病の中で苦痛を伴うような時にはどうするか。その場合は治療を受けるべきでしょう。

その場合でも、治療といっても痛み止め、ようするに、痛みを消してくれる薬、そういう処方をしてもらう。前にお話しした、尊厳死協会の紙にもそういう延命治療的なことはいっさい拒否しますって、ただし、痛みに対しては処置をお願いしたいと意思表示をしておきます。あと、普通はあんまり書かないのでしょうけれど、僕なんかはモルヒネで痛みを止めていただきたいって、書いてありますけどね。

モルヒネというのは、モルヒネ中毒なんていって怖がってる人が多いですけど、まったくの誤解で鎮痛剤なんです。非常に優れた鎮痛剤で、モルヒネの発明がどれだけの人を助けたかと思います。

モルヒネを処方して痛みを消してほしいって、そういうことを自分のメッセージに入れておけばいい。僕は親しい町医者に、「モルヒネは処方できるんですか」って聞いたことがあって、「自分が処方できます」って言っていましたね。そういうことも知っておいていいことだと思います。

スイスの例では、家族が合意して、医者がまったくの不治の病だということを診断すると、死を請け負う会社があるんです。そこへ連絡すると「何月何日に伺います」といって、当人と家族が待ってるところへやって来て、家族はその間、別室で待っていてね、「終わりました」という連絡をもらう。そのあとで家族は死者を見舞って冥福を祈るという、それが法的に許されているんですね。

終末期医療については、ドイツでは一昨年に議論していましたね。それが通って法制化されました。当時、向こうの新聞や週刊誌で、与党、野党、そして「看取りの党」の議員たち二十人ぐらいが、自分の意見を述べていました。

僕がはっと思ったのは議員たちが、「なぜ自分がこれを支援するのか、どういう体験があったのか、近親者ではどういうことがあったか、自分の考えではこうである」と、非常に高度な見識の週刊誌に、きちんと自分の意見を書く能力、自分の意見をしっかりと述べて文章化する力を持っているということでした。「いや、私の信念としては是々非々で通すべきだ」なんて、そんな一行じゃないんですよね。

終末期医療は非常に大切な問題だから、非常に開かれた場で、そういうことを積み上げていって実現するべきです。

終末期医療の法律については、尊厳死協会が議員に働きかけていて、議論をして法制化するという動きはありますがなかなか実現しない。

台湾ではもうとっくに実現していて、運動をしていた医学部の女性が日本に来て講演してました。どうして日本では実現しないんでしょうねって不審がっていました。

あれ、病院には大きな収入になっているのは確かなんです。製薬会社と病院の非常に大きな収入源ですから、経済原理である限り、なかなか実現しないでしょう。

日本人はそのことは言わないで、倫理観ばっかり言う。

それで結局、患者を一番苦しめる状態にしてしまうんです。もう、ほんとうに困った国です。経済原理があるとわだかまってしまって、そのことは言わないで、すり替えていくっていうのが上手いんですね。それは、絶対的な基準、人間が場当たり的に考えるもの以上のものがない、便宜主義の国だからでしょう。

身近な死

人間というのはなぜ生まれたのか、なぜ死ぬのか、それはもう誰にもわからない。誰にもわからないし、理由なんかないんです。生まれたのも偶然だし、死ぬのも偶然。死ぬことによって、自分の死は知れないですから、自分の死について、自分はあれこれ言えません。語ることのできるのは、他人の死だけです。

人間の宿命の中で一番避けようのないものなのに、一番語れない、自分の体験として語れない。ただ、死を身近にしてきた人と、およそ知らないで来た人とは、死への考え方がずいぶん違うと思います。

僕の小さい頃、近親者の死は、子どもが直《じか》に見てました。昨日までいたおばあさんが今日はもういない。そのいなくなる、死んじゃった姿を目の前で見ていましたから、死というものが非常に具体的に自分の記憶に刻まれています。

死ぬことによって人がいなくなる。

父親が死んだ時に、子どもだった僕が一番不思議に思ったのは、自分がいなくなると、いなくなると思ってる自分もいないわけだから、いなくなるってことを思う人がいないと、いなくなるっていうこともわからない。これは一体どういうことかな、なんて考えたことがあります。

目の前に父親が横たわっているんだけど動かない、しゃべらないし、田舎ですから二日も三日も置いていたけれど、お父さんはここにいるのにいないというのが、とても不思議でした。

母親の時は、もう大学を出た時でしたけど、それはまあ、ずうっと経過を見ていて、癌が発病して一時、持ち直したけれど、またどんどん衰弱して、何だかあの時から、僕は医学なんて信用しないんです。

「なんだ、こんなすごい病院を持ちながら、こんな女の病一つ治せないのか」

骨と皮になって、もうこれ以上痩せようがない、それでも頭はしっかりしていて、意識はしっかりしていました。

それで、もう病院にいても意味がないと思って連れて帰った。「家に帰りたい」って言いましたからね、その家の庭が見える部屋に寝かせて。

家に戻ってからふた月ぐらいで死にました。

何にも食べない。でも、本当にわずかな水で口を濡らす程度ですけど、人間は生きているんですよね。そろそろ危ないいんじゃないかって医者が言うから、横に布団を敷いて、親孝行のつもりでね、でも退屈ですから電気をつけて本を読んでいたら、

「オサム、そんなので読むと目が悪くなるよ」

「うるさいな、もう！」

受験生の頃と同じになっちゃってね。

死のことは、何を話したらいいのか、わからずじまいです。それでもやっぱり自分は、自分の死を死にたいって思います。他人に預けないで、そうすると、事故で死ぬとか、そういう余所からの死じゃなくて、自分の意思で死ぬという。今、自殺じゃなくて「自死」っていう言い方がありますけど、自死が一番、自分が考える死に近いですね。

水面の太陽

それで思い出しましたが、これまでに二度僕は死にかけたことがあります。海と山で一回ずつ。

海の場合は、十歳ぐらいの頃、海水浴をしていて友達に「飛び込め」って言われてボートから飛び込んだら、けっこう深くて足もつかないし顔も出ない。太陽が海を通してきれいに光ってるのが見えて、それはよく覚えています。

周りはみんな僕がふざけていると思っていたみたいで、誰かが、「あ、これはおかしいぞ」っていうので引き上げてくれてやっと助かった。

ものすごい水を飲んで、体中に発疹が出ました。母親を心配させたくないから内緒にしたんだけど、「なんでこんなブツブツが出るの」って、不思議がっていました。

大学を卒業した三月に、雪の那須三山に一人で登って思いもかけない大雪に見舞われました。崖の斜面を横切ろうとした時に滑落したんです。

これ、普通なら完全にダメな状況でした。瞬間的に木の枝をつかんで、数メートルのところで、ぶら下がってた手袋の指先が全部、破れていましたけどね。若かったから、「あー怖かった、助かった」ぐらいで、何とも思いませんでしたが、いま思うと不思議なのは、あの時、体を瞬間的に丸めて自分から転がったことです。

それから何十年か経って、夜、近所の道を自転車で横切ろうとした時に車にガーンってはねられた。自転車と一緒に飛んで、その時、あの山の斜面を思い出した。その瞬間、体が同じように丸まったんです。

体を丸めて落ちたっていうことは、不思議でしたね。

山のことを瞬間に思い出したのは、不思議だなと思いながら、「ちょっとすりむいたぐらいですよ」とか言ってね、それで、車はガーッと行っちゃった。

海と山の二つのことはよく思い出します。死を他人に預けないというのは、格好のいい言い方ですけど、実際上は難しいですよね。やっぱり自分の死は体験できないってことで済ますしかないのかなとは思ってます。

風のように

エッセイストのある方と話していた時、「孤独死って今、みんな避けたがっているけれども、考えようによっては孤独死って幸せなんじゃないか」って話になりました。「自分は人に気を遣うから、誰かに看取られてとか、お見舞いに来てもらっても、無理に来てるんじゃないかとか、いろいろ考えちゃうから、一人で誰にも迷惑をかけずに死ねれば、そんな煩わしいことを考えなくていい」

僕もそうですが、孤独で死ぬのは嫌じゃないっていう人は多くなってるような気がしますね。最期の瞬間にね、「一人で寂しい」とか、「誰かに会いたい」という気持ちなんかないと思います。

日本の代表的な歌人の一人の窪田空穂《うつぼ》は九十歳の死の床で詠んでいます。

〈まつはただ意志あるのみの今日なれど眼《まなこ》つぶればまぶたの重し〉

詠嘆もせず、哀切の情も述べず、ただまぶたの重さだけを詠んで死んだ。大往生ですね。体があって、体が重いなあ、足を上げるのも重いなあ、寝返りを打つのも重い。まぶたを開けるのも重いな、そんな物理的な体の重さを感じながら、人間は死ぬんじゃないか。

僕にはそんな気がしてますけどね。

古代ギリシア人は死を暗い湖、広い水の海か湖か、そういう水面をゆっくりと船が進んでいって、だんだん灯りが消えて、暗い水の中に消えていくというイメージでとらえていたようです。

死を選ぶということも、もう、そろそろできるのではないでしょうか。法的なことは別にして、自分で自分の人生はここで、もう、けりをつけるという、そういう終え方があっていいんじゃないかと思います。

これまでずっと、どんな生へ向かって、どんなふうに生きるかという選択をしてきた。最後はどんな死へ、どんな死に方をするのかという選択があっていい。

僕は、風のようにいなくなるといいな。

あとがき

老いは誰にもやってくる。公平に、例外なく、歩一歩と近づいて、人生の終末を伝えてくれる。同じことなら、きちんと見つめつつ迎えたい。自分の老いは当人以外、誰も考えてくれないのだ。

ある日、小さなノートを用意してメモをとり始めた。老いの兆候、歴然とした老いのしるし、見すごしていた微妙な変化……長く生きてきたからには、せめて老化という心身劣化の過程をまじまじと見ておきたい。それが身におびた時間の意味深さだと考えた。

ささやかなノートに、いつのまにかメモの紙片が束になるほどはさまっていた。そのことを、ある人を偲ぶ会で話したところ、編集者から、それをまとめる方向で改めて話してもらえないかと言われた。

ノートには「すごいトシヨリBOOK」とタイトルをつけていた。多少とも若い人への見栄もあって、ユーモアをこめて名づけをした。「すごいトシヨリ」の何がすごいのか。自分でもはっきりしない。すごいのが齢の数だとすると、たぶんほんとうのすごいトシヨリは、わざわざそれを語る気分もヤマっけも、もはや持ち合わせないのではあるまいか。精神論的にすごいトシヨリであれば、日ごとに出会う老いのしるしを、もっとちがったふうに見ようとするような気がする。齢の点でも精神的にも、いまひとつ未熟であるからこそ、容赦なく襲ってくる老化現象を、おもしろがることができる。

意図して譲らなかったことが二つある。老いを楽しむためには、安心して住める家や、一定の暮らしを保障する蓄えや収入、そして何よりも健康がなくてはならない。そのための生活設計については語らなかった。それは各人の知恵と工夫によるしかないからだ。

もう一つは、高齢者を待ち受けている危険、不便、不安があって、だまし商法を筆頭に、世の中は弱い者を容赦しない。駅の乗り換えで往生したり、商品説明書に途方にくれたりは、まだいい方である。ときには銀行のおすすめに従ったばかりに、自分の貯金が遠いところにいってしまった。そういったことの安全対策についても語らなかった。当人が、そんな世の中にした多数者の一人でもあるからだ。

まっしぐらに走ってきて、今は疲れを感じている人。がむしゃらに働いてきて、今はともかく、まわりに何が起ころうとも、ひと休みして、よく考えてみたい人、そういう人の目にふれて、なにかのヒントになれば、これ以上うれしいことはない。

毎日新聞出版の永上敬さんがプランを立て、聞き役になり、テープをおこして構成までしてくださった。「サンデー毎日」編集部の佐藤恵さんが、もう一人の聞き役を買って出て、適宜質問をはさんでくださった。皇居の松の緑を見下ろす毎日新聞出版の編集室で、週一度、メモを見ながら老いの状況を語っていたのが、今となると夢のようだ。生みの親のお二人に、心より感謝する。

二〇一七年夏

池内 紀

イラストレーション　池内紀
ブックデザイン　石間淳

池内 紀（いけうち おさむ）

一九四〇年兵庫県姫路市生まれ。ドイツ文学者・エッセイスト。主な著書に『ゲーテさんこんばんは』（桑原武夫学芸賞）、『海山のあいだ』（講談社エッセイ賞）、『二列目の人生』、『恩地孝四郎』（読売文学賞）、『亡き人へのレクイエム』など。編注に森鷗外『椋鳥通信』（上・中・下）、訳書に『カフカ小説全集』（日本翻訳文化賞）、ゲーテ『ファウスト』（毎日出版文化賞）、アメリー『罪と罰の彼岸』など。大好きな山や町歩き、自然にまつわる本も、『森の紳士録』『ニッポン周遊記』『日本の森を歩く』など多数。

すごいトシヨリBOOK《ブック》
トシをとると楽《たの》しみがふえる

第一刷 二〇一七年 八 月一五日
第二刷 二〇一九年 三 月二〇日
著 者 池内《いけうち》 紀《おさむ》
発行人 黒川昭良
発行所 毎日新聞出版
〒一〇二-〇〇七四
東京都千代田区九段南一-六-一七 千代田会館五階
営業本部 〇三-六二六五-六九四一
図書第一編集部 〇三-六二六五-六七四五
印 刷 精文堂印刷
製 本 大口製本

ISBN978-4-620-32458-6